한 권으로 읽는 아홉 개의 세계 이야기 24편

북유럽 신화

한 권으로 읽는 아홉 개의 세계 이야기 24편

북유럽 신화

예영 엮음

Mirae N 아이세움

차례

- 세상이 시작된 이야기 · 10
- 하늘과 땅, 해와 달 그리고 인간의 탄생 · 16
- 이그드라실과 아홉 개의 세계 · 22
- 한쪽 눈을 잃고 지혜를 얻은 오딘 · 28
- 신들의 첫 번째 전쟁 · 34
- 복수 때문에 머리가 잘린 미미르 · 38
- 크바시르의 피로 만든 신비의 꿀술 · 44
- 시프의 금발 도난 사건 · 58
- 신들이 뽑은 최고의 보물 · 68
- 신들에게 속아 버린 석공 · 80
- 거인 흐룽그니르와 토르의 결투 · 92
- 거인과 결혼할 뻔한 토르 · 102

이둔과 젊음의 사과	112
발을 보고 신랑감을 고른 스카디	124
사랑을 위해 마법 검을 포기한 프레이	132
우트가르드에 가는 길에 만난 거인 스크리미르	140
거인 왕과 토르 일행의 대결	150
괴물 삼 남매와 손이 잘린 티르	166
발드르가 꾼 불길한 꿈	178
세상 모두가 슬퍼한 발드르의 장례식	192
끝내 발드르를 위해 울지 않은 로키	198
연어로 변신한 로키의 끔찍한 최후	208
세상이 최후를 맞는 라그나뢰크	222
종말 뒤에 찾아온 희망의 세계	234

북유럽 신화의 주요 신들

오딘

에시르 신족의 아버지이자 최고신이에요. 형제들과 함께 거인 이미르를 죽이고 세상을 만들었답니다. 한쪽 눈을 포기하고 미미르의 샘물을 마신 덕분에 세상의 모든 지혜를 얻었어요. 또한 이그드라실에 자신의 몸을 꽂고 아홉 날 동안 버틴 덕분에 룬 문자를 찾아낼 수 있었지요.

평소에는 왕좌에 앉아 아홉 개의 세계를 살피는 데 많은 시간을 보내지만, 가끔은 망토와 모자로 변장한 다음 훌쩍 떠나기도 해요.

† 무기: 어떻게 던져도 언제나 목표물을 정확하게 맞히는 마법의 창, 궁니르
† 보물: 9일마다 똑같은 팔찌 여덟 개를 만들어 내는 마법의 황금 팔찌, 드라우프니르

토르

오딘과 거인 요르드 사이에서 태어난 천둥의 신이에요. 신 중에서도 가장 힘이 센 최강의 신이지요. 신들의 세계를 지키기 위해 거인 여럿을 물리쳤는데, 한 거인과 싸움을 벌이다 머리에 숫돌 조각이 박힌 일도 있었어요. 아름다운 황금색 머리카락을 자랑하는 시프와 결혼했답니다.

† 무기: 목표에 반드시 명중하고, 멀리 던져도 돌아오는 무적 망치, 묠니르
† 보물: 허리에 차고 조이면 힘이 솟아오르는 마법의 허리띠, 메긴교르드

로키

거인 부모에게 태어났으나, 오딘과 의형제를 맺어 에시르 신족의 일원이 되었어요. 잔꾀가 많고 교활하며 속임수를 즐기는 장난의 신이에요. 시프의 머리카락을 없앤 장난부터 발드르를 죽게 한 사건까지, 가는 곳마다 크고 작은 문제를 일으켰어요. 사나운 늑대 펜리르, 미드가르드를 둘러싸고 있는 거대한 뱀 요르문간드, 지하 세계 여왕인 헬의 아버지이기도 해요.

† 무기: 특별한 무기는 없지만, 매, 말, 파리, 연어, 여자 등으로 변신할 수 있어요.

발드르
빛의 신. 뛰어난 외모와 말솜씨를 갖춰서 신들은 물론 거인과 인간 모두에게 사랑과 존경을 받았어요.

호드
어둠의 신. 눈이 멀어 앞을 볼 수 없어요. 로키에게 속아 형인 발드르를 죽음으로 몰고 갔어요.

프리그
가정과 결혼의 여신. 오딘의 아내이자 발드르, 호드, 헤르모드의 어머니예요. 발드르가 죽는 걸 막기 위해 애썼답니다.

티르
전쟁의 신. 두려움을 모르는 성격으로, 늑대 펜리르를 잡으려다가 한쪽 손을 잃었어요.

헤임달
아스가르드를 지키는 파수꾼. 시력과 청력이 어마어마하게 좋아요. 오딘에게 세상의 종말이 찾아오면 뿔피리를 불어 경고하라는 명을 받았어요.

미미르
미미르의 샘을 지키는 수호자예요. 이 샘물을 마시면 세상의 진리를 깨닫고 지혜로워질 수 있어요.

이둔
젊음의 여신. 마법의 사과가 열리는 나무를 키워요. 이 사과는 한 입만 먹어도 젊어질 수 있지요.

프레이야
사랑의 여신. 프레이의 여동생이에요. 외모가 무척 아름다워서 거인과 난쟁이들이 너도나도 결혼하고 싶어 해요.

프레이
풍요의 신. 스스로 적을 물리치는 마법 검을 가지고 있었지만, 거인 게르드와 결혼하기 위해 포기했어요.

뇨르드
바다의 신. 프레이와 프레이야의 아버지예요. 바니르 신족이지만, 에시르 신족과 전쟁을 끝낸 뒤 평화의 증표로 아스가르드에 건너왔어요.

세상이 시작된 이야기

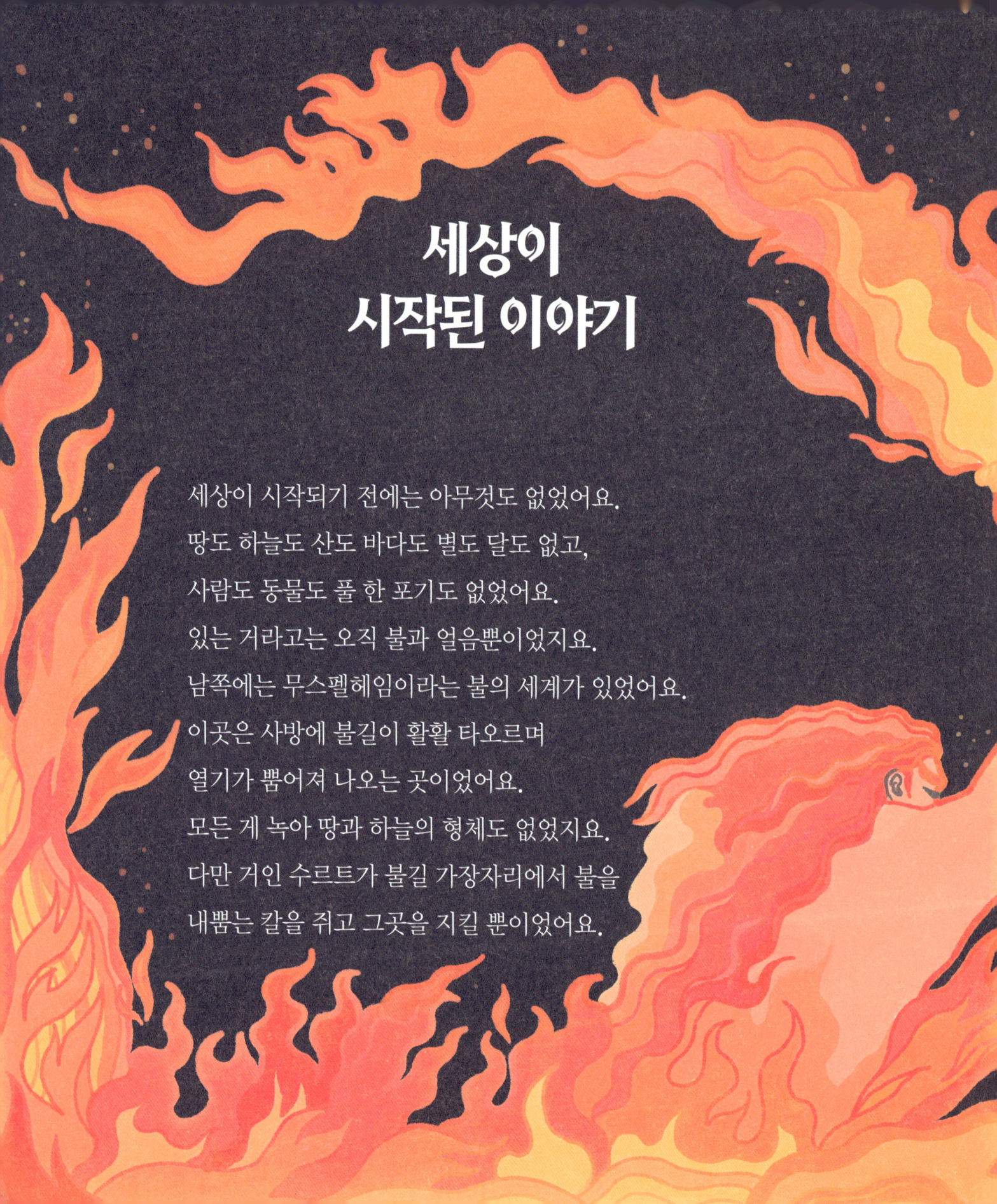

세상이 시작되기 전에는 아무것도 없었어요.
땅도 하늘도 산도 바다도 별도 달도 없고,
사람도 동물도 풀 한 포기도 없었어요.
있는 거라고는 오직 불과 얼음뿐이었지요.
남쪽에는 무스펠헤임이라는 불의 세계가 있었어요.
이곳은 사방에 불길이 활활 타오르며
열기가 뿜어져 나오는 곳이었어요.
모든 게 녹아 땅과 하늘의 형체도 없었지요.
다만 거인 수르트가 불길 가장자리에서 불을
내뿜는 칼을 쥐고 그곳을 지킬 뿐이었어요.

그는 세상이 끝나는 날이 오면 칼을 휘둘러
온 세상을 불태우려고 기다렸답니다.
북쪽에는 니플헤임이라는 얼음의 세계가 있었어요.
이곳은 모든 게 꽁꽁 얼어붙을 만큼 추웠어요.
땅은 단단한 고드름과 얼음으로 뒤덮여 있고
하늘에도 얼어붙은 안개가 끼어 있었지요.
이 같은 불의 세계와 얼음의 세계가
만나는 곳에 긴눙가가프가 있었어요.
이곳은 무스펠헤임처럼 뜨겁지도 않고,
니플헤임처럼 춥지도 않았어요.
그저 아무것도 없는 텅 빈 공간이었지요.
긴눙가가프에는 아주 오랫동안
아무 일도 일어나지 않았어요.
그러던 어느 날이었어요.

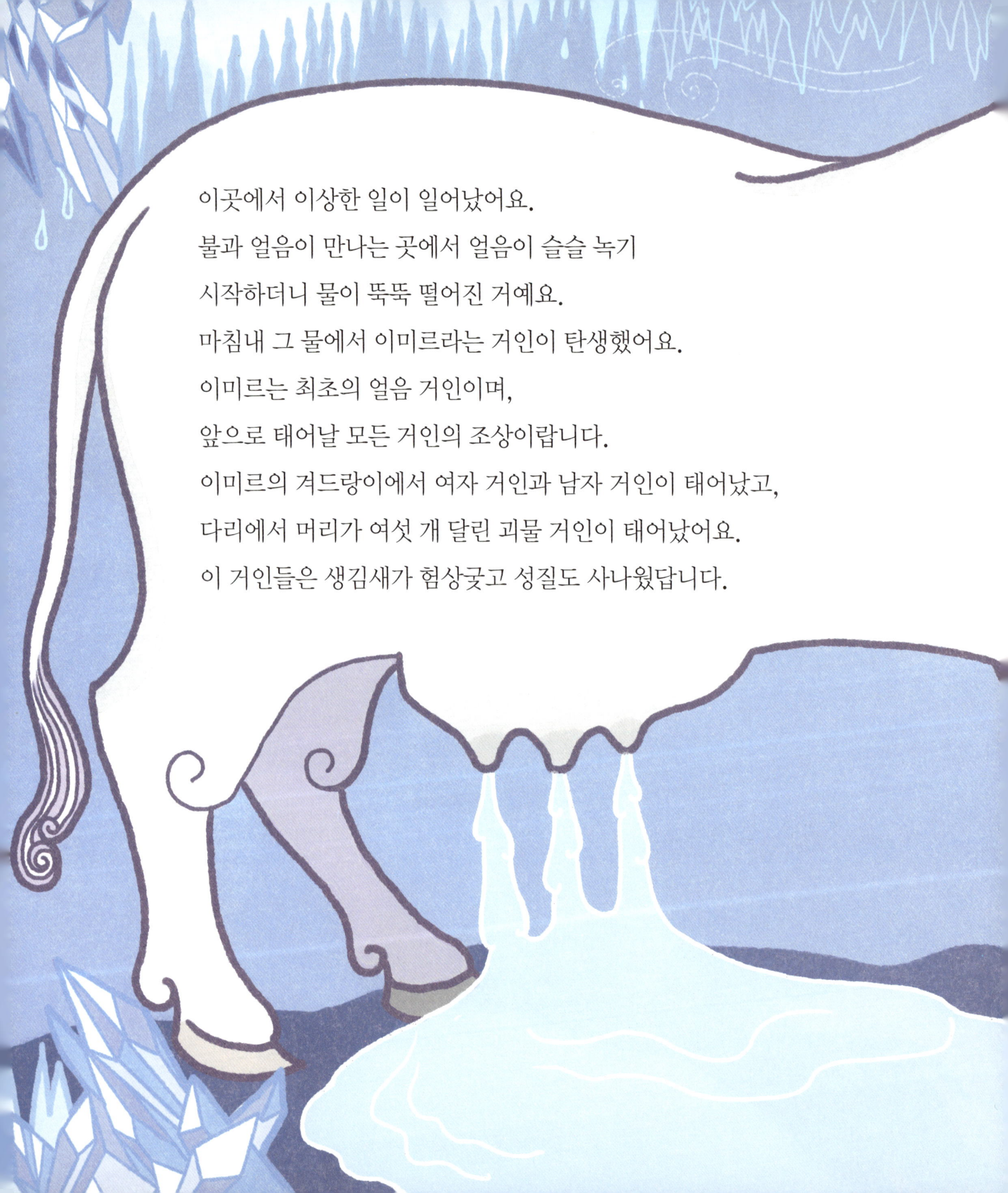

이곳에서 이상한 일이 일어났어요.
불과 얼음이 만나는 곳에서 얼음이 슬슬 녹기
시작하더니 물이 뚝뚝 떨어진 거예요.
마침내 그 물에서 이미르라는 거인이 탄생했어요.
이미르는 최초의 얼음 거인이며,
앞으로 태어날 모든 거인의 조상이랍니다.
이미르의 겨드랑이에서 여자 거인과 남자 거인이 태어났고,
다리에서 머리가 여섯 개 달린 괴물 거인이 태어났어요.
이 거인들은 생김새가 험상궂고 성질도 사나웠답니다.

그사이 또 다른 생명체가 모습을 드러냈어요.
덩치가 어마어마하게 크고 뿔이 없는 암소였지요.
암소는 목을 축이려고 소금기가 밴 얼음을 핥았어요.
그러자 가슴에서 눈처럼 하얀 젖이 흘러나오지 않겠어요?
이미르는 이 젖을 먹으며 암소에게 이름을 붙여 주었어요.
"이제부터 널 아우둠라라고 부를게."

아우둠라가 계속해서 얼음을 핥자 신기한 일이 벌어졌어요.
첫째 날에는 얼음덩어리에서 머리카락이 생겼고,
둘째 날에는 머리가 나왔고,
셋째 날이 되자 몸 전체가 드러났어요.
부리라는 이름을 가진 신이 탄생한 거예요.

부리는 최초의 신이자, 앞으로 태어날 신들의 조상이에요.
이미르의 자식들과 달리 잘생긴 데다 마음씨도 선했어요.
그는 얼음 거인들 중에서 한 명을 아내로 얻어서
아들 보르를 낳았어요.
보르는 거인의 딸인 베스틀라와 결혼해 세 아들을 낳았지요.
그들이 바로 장차 세상을 창조하게 될 오딘, 빌리, 베
형제랍니다.

하늘과 땅, 해와 달 그리고 인간의 탄생

오딘, 빌리, 베는 긴눙가가프라는 텅 빈 공간에서
자기들이 무얼 해야 하는지 머리를 맞대고 의논했어요.
"긴눙가가프를 생명이 있는 세상으로 만들면 어떨까?"
"좋아! 하지만 난폭한 이미르와 그의 자식들이
분명 훼방을 놓을 거야."
"맞아. 새로운 세상이 태어나려면 거인들이 사라져야 해."
오딘은 빌리, 베와 함께 새로운 세상을 만들기 위해
거인들을 몰아내기로 결심했어요.

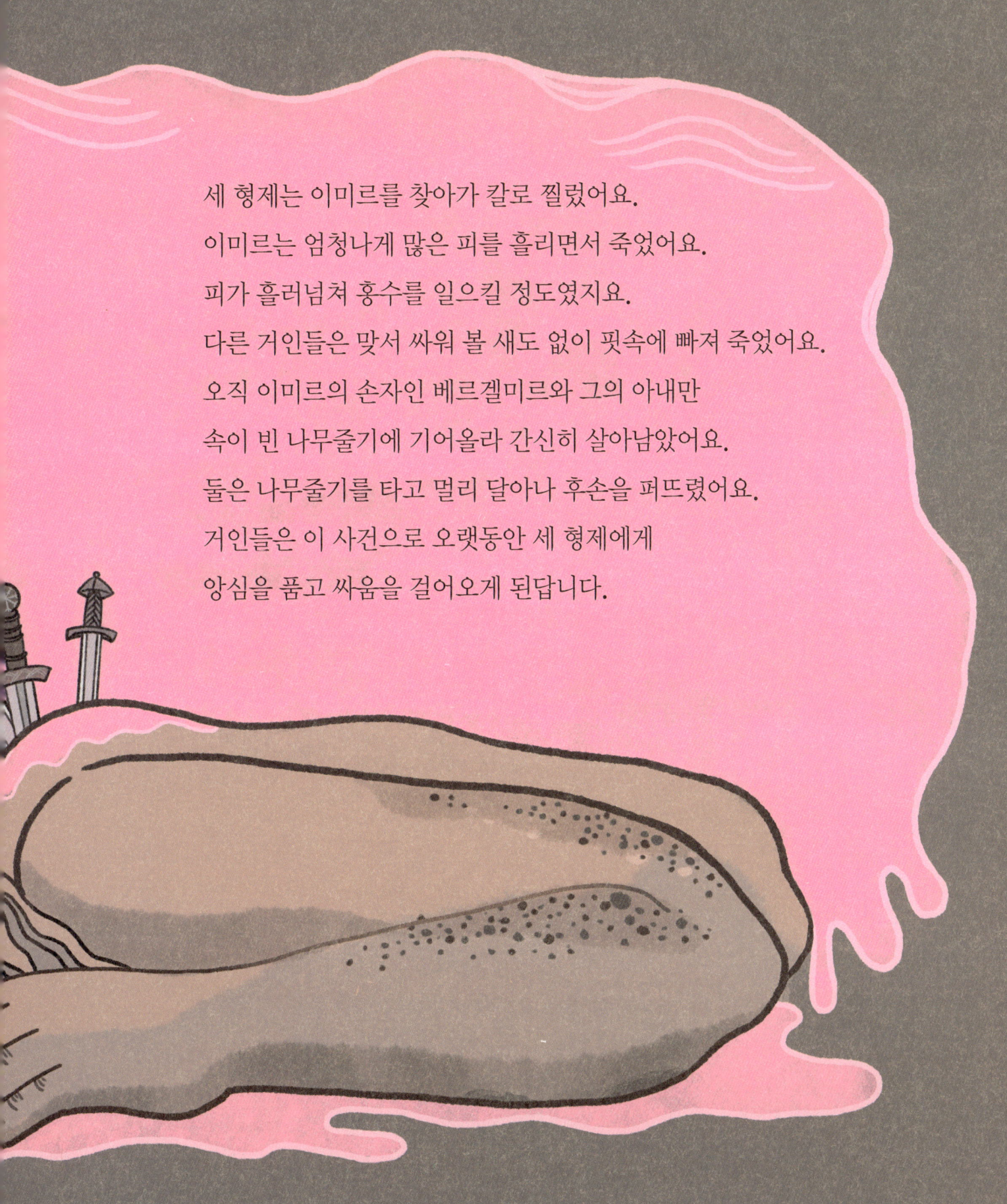

세 형제는 이미르를 찾아가 칼로 찔렀어요.
이미르는 엄청나게 많은 피를 흘리면서 죽었어요.
피가 흘러넘쳐 홍수를 일으킬 정도였지요.
다른 거인들은 맞서 싸워 볼 새도 없이 핏속에 빠져 죽었어요.
오직 이미르의 손자인 베르겔미르와 그의 아내만
속이 빈 나무줄기에 기어올라 간신히 살아남았어요.
둘은 나무줄기를 타고 멀리 달아나 후손을 퍼뜨렸어요.
거인들은 이 사건으로 오랫동안 세 형제에게
앙심을 품고 싸움을 걸어오게 된답니다.

거인들이 모두 사라지자, 세 형제는 이미르의 몸으로
세상에 필요한 것들을 만들기 시작했어요.
먼저 이미르의 살로 흙을 만들고,
뼈를 쌓아 올려 산과 절벽을 만들고,
이빨과 턱으로는 바위와 조약돌, 모래를 만들었어요.
머리카락으로는 나무를 만들었지요.
흘러나온 피로는 세상을 둘러싼 바다를 만들었어요.
마지막으로 머리뼈로 하늘을 만들었어요.
그런 다음 거인들이 가까이 오지 못하도록
이미르의 속눈썹으로 세상의 중심부 둘레에 성벽을 세웠지요.
이 성벽 안쪽의 세계를 미드가르드라고 해요.

그런데 세상이 너무 어두컴컴했어요.
그래서 세 형제는 무스펠헤임에서 날아온 큰 불꽃으로
태양과 달을 만들어 하늘에 띄우기로 했어요.
거인 문딜파리의 딸과 아들인 솔과 마니에게
각각 태양과 달을 실은 수레를 몰라고 시켰지요.
이후 둘은 태양과 달을 집어삼키려는 괴물 늑대에게 쫓기며
매일매일 낮과 밤의 하늘을 달렸답니다.

그러던 어느 날, 세 형제가 해안가를 거닐다가
바닷물에 밀려온 통나무 두 개를 발견했어요.
형제들은 통나무에 생명을 불어넣고,
눈과 귀와 입을 만든 다음,
생각하고 느낄 수 있는 능력을 주었어요.
이제 두 개의 통나무는 두 명의 사람이 되었어요.
이렇게 해서 최초의 남자와 여자가 탄생했지요.
두 사람은 이후에 태어날 모든 인간의 아버지와 어머니랍니다.
인간들은 거인의 공격으로부터 안전한 미드가르드에 살며
마음 편히 집을 짓고, 자식을 낳아 키웠어요.

이 모습을 흐뭇하게 바라보던 세 형제는
이미르의 시신이 썩을 때 나왔던 구더기를 떠올렸어요.
그러고는 구더기들에게 생명을 주어 난쟁이로 만든 뒤,
동굴과 땅속 깊은 곳에서 살게 했지요.
여기에 요정들을 위한 땅까지 만드니
모든 것이 완벽하게 자리를 잡게 되었어요.
그제야 오딘, 빌리, 베는 마음을 놓고 무지개다리를 건너
땅 위쪽에 있는 아스가르드라는 세계로 떠났어요.
이들이 결혼하여 자식을 낳으면서 아스가르드는 신들의
세계가 되었답니다.

이그드라실과 아홉 개의 세계

오딘이 빌리, 베와 함께 새로운 세상을 열고
생명을 탄생시키고 있을 때였어요.
세상의 밑에서 또 다른 생명이 쑥쑥 자라고 있었답니다.
바로 이그드라실이라는 물푸레나무였지요.
이그드라실은 세상을 모두 감싸안을 만큼 거대한 나무였어요.
세상에서 가장 아름답고 완벽한 나무인 이그드라실은
아홉 개의 세계와 연결되어 있었어요.
에시르 신족이 사는 아스가르드,
바니르 신족이 사는 바나헤임,
인간들이 사는 미드가르드,

거인들이 사는 요툰헤임, 요정들이 사는 알프헤임,
손재주가 좋은 난쟁이들이 사는 니다벨리르,
차가운 얼음으로 뒤덮인 니플헤임,
뜨거운 불길이 활활 타오르는 무스펠헤임,
마지막으로 죽은 자들이 사는 헬까지,
모두 이그드라실로 연결되어 하나의 우주를 이루었어요.
그래서 이그드라실을 '세상의 나무'라고도 불렀답니다.

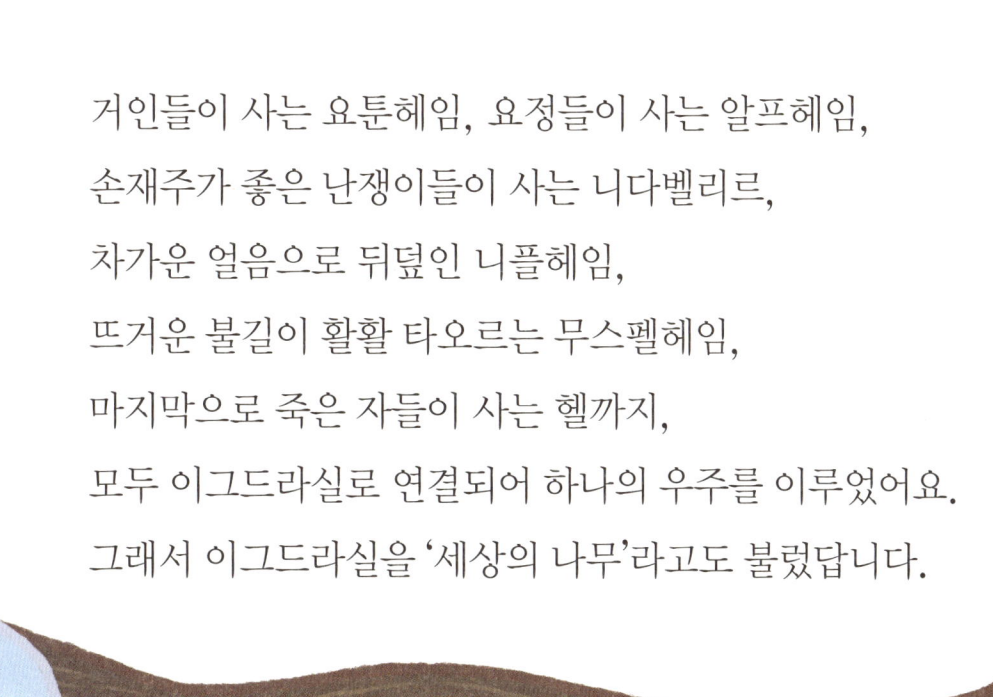

이그드라실은 세 갈래의 거대한 뿌리가
각기 다른 세계를 향해 깊이 뻗어 있었어요.
그중 첫 번째 뿌리는 니플헤임의 한가운데에서
솟아나는 '흐베르겔미르의 샘'에 닿아 있었어요.
이 샘에는 니드호그라는 사악한 용이 살았어요.
니드호그는 이그드라실을 시들게 하기 위해
밤낮으로 뿌리를 갉아 먹었지요.
두 번째 뿌리는 거인들이 사는 요툰헤임으로
뻗어 '미미르의 샘'에 닿아 있었어요.

이 샘은 미미르가 지키는 샘으로, 땅속 깊숙한 곳에서
물이 솟아올라 이그드라실의 뿌리에 양분을 대어 줬어요.
이 샘의 물에는 온갖 지식과 지혜가 담겨 있었답니다.
마지막으로 세 번째 뿌리는 아스가르드에 있는
'운명의 샘'에 닿아 있었어요.
이곳에는 노른이라는 운명의 여신 세 명이
이그드라실이 시들지 않도록 정성껏 돌보았어요.
수시로 뿌리에 샘물을 뿌려 주고, 진흙도 발랐지요.
덕분에 니드호그가 갉아 먹은 나무뿌리가 회복될 수 있었어요.

한편 이그드라실에는 니드호그 말고도
다른 여러 동물들이 살았어요.
풍성한 나뭇가지 위로 수사슴 네 마리가
뛰어다니며 나무의 새싹을 뜯어 먹었어요.
또 가장 꼭대기에는 거대한 독수리가 살았는데,
두 눈 사이에 매 한 마리가 걸터앉아 있었지요.
독수리는 높은 곳에서 온 세상을 내려다보고 있어서
세상 돌아가는 이치를 훤히 꿰뚫고 있었답니다.

나무 꼭대기에 사는 독수리와 뿌리에 사는 용 니드호그,
둘은 너무 멀리 떨어져 있어 만날 수 없었지만
서로에 대해 잘 알고 있었어요.
다람쥐가 나무 꼭대기와 뿌리를 오르내리며
소식을 전해 줬거든요.
그런데 다람쥐는 독수리에게는 용의 험담을 하고,
용에게는 독수리의 험담을 해서 서로 미워하게 만들었어요.
둘이 서로를 미워하며 화내는 걸 보고 즐거워한 거예요.

한쪽 눈을 잃고
지혜를 얻은 오딘

오딘은 세상과 인간을 창조한 신이에요.
하지만 자신이 만든 세상을 속속들이 알지는 못했어요.
"세상을 잘 이끌어 가려면 세상에 대한 모든 것을 알아야 해."
오딘은 어깨에 긴 망토를 두르고 챙이 넓은 모자를 써서
방랑자로 변장했어요.
그리고 세상의 모든 지혜를 얻기 위해
머나먼 여행을 떠났답니다.

오딘은 힘들고 위험한 여행 끝에 미미르의 샘에 도착했어요.
이 샘물은 누구든 딱 한 모금만 마셔도 세상의 진리를 깨닫고
지혜로워질 수 있었어요.
그러나 이 샘물을 마실 수 있는 건 오직 샘물을 지키는
미미르뿐이었지요.
오딘은 간절한 마음으로 미미르에게 부탁했어요.
"샘물을 딱 한 모금만 마시게 해 주게나."
미미르는 단박에 고개를 가로저었어요.
"어림없는 소리! 이 샘물은 나 외에는 누구도 마실 수 없소."
오딘이 다시 간청했어요.
"한 모금만 마시게 해 주면 당신이 원하는 걸
뭐든 해 주겠네."

잠시 고민하던 미미르는 가혹한 조건을 내걸었어요.
"당신의 눈을 내놓으면 소원을 들어주겠소."
오딘은 당황했지만 이내 침착하게 생각했어요.
'나에게는 눈이 두 개나 있다. 그러니 세상의 진실을 꿰뚫어
볼 수만 있다면 눈 하나를 잃어도 괜찮지 않은가?'
오딘은 주저하지 않고 자신의 눈 하나를 빼서 샘물에
천천히 넣었어요.
샘물에 잠긴 눈이 자신을 지그시 바라보는 듯했지요.
오딘은 평소에 미미르가 샘물을 퍼서 마시던
뿔피리 갈라르호른에 샘물을 가득 채웠어요.
그리고 단 한 방울도 남김없이 마셨어요.
그 순간 온몸에 지혜가 가득 차오르고,
머릿속이 선명해지는 것이 느껴졌어요.
이해할 수 없었던 세상이 모조리 이해되었지요.
오딘은 눈 하나를 잃은 대신 세상의 모든 지혜를 얻은 거예요.

하지만 오딘은 이것만으로는 부족했어요.
"샘물을 마시고 나니 세상의 나무 이그드라실이 우주의 모든 지혜를 품고 있다는 걸 알겠어."
오딘은 곧바로 이그드라실로 향했어요. 그러고는 이그드라실에 올라가 거꾸로 매달린 뒤, 창으로 자신의 몸을 꿰어 나무에 꽂았지요.
그 상태로 비가 내리고 바람이 불어도 꼼짝하지 않았어요.

"참아야 해. 진정한 지혜를 얻으려면 이 정도 고통은 당연히 견뎌 내야지."
아홉 번째 밤이 되었을 때는 거의 죽기 직전에 이르렀어요.
오딘은 마지막 힘을 모두 끌어모아 아래를 내려다보았어요.
그러자 나무뿌리에 새겨진 문자가 또렷하게 보였지요.
놀라운 힘과 지혜, 강력한 마법이 깃든 신비스러운 문자인 룬을 찾아낸 거예요.
오딘은 아무 일도 없었다는 듯 나무에서 내려왔어요.
그러나 오딘은 예전의 오딘이 아니었어요.
어떠한 어려운 일도 지혜롭게 해결하며 세상을 현명하게 다스릴 수 있는 최고의 신이 되었답니다.

신들의 첫 번째 전쟁

신들은 아스가르드와 바나헤임에 나눠 살고 있었어요.
아스가르드에는 오딘이 다스리는 에시르 신족이,
바나헤임에는 바니르 신족이 살고 있었지요.
어느 날, 바나헤임에 살던 바니르 신족이자 마녀인
굴베이그가 아스가르드에 찾아왔어요.
굴베이그는 신, 거인, 난쟁이, 인간을 가리지 않고 그녀를
만난 누구라도 황금을 탐내게 하는 힘을 지니고 있었답니다.
굴베이그가 아스가르드로 온 뒤로 에시르 신족 사이에서도
황금을 탐내는 마음이 전염병처럼 빠르게 번져 나갔어요.
오딘은 굴베이그가 위험한 존재라는 걸 눈치챘지요.

"방법은 하나뿐이야. 굴베이그를 없애 버리는 수밖에 없어."
오딘이 굴베이그를 죽이겠다는 결정을 내리자
신들이 그녀를 잡아다 창으로 찔러 쓰러뜨렸어요.
그리고는 활활 타오르는 장작더미 속으로 던져 넣었지요.
그런데 믿기지 않는 일이 일어났어요.
분명히 불 속에서 타 버린 줄 알았던 굴베이그가
상처 하나 없이 걸어 나온 거예요!
당황한 신들은 굴베이그를 다시 잡아 불 속에 던져 넣었어요.
하지만 이번에도 멀쩡한 모습으로 살아 나왔지요.
"또 던져도 소용없어. 당신들은 나를 절대 죽이지 못해."

굴베이그는 바나헤임으로 돌아가, 바니르 신들에게
자신이 아스가르드에서 불태워졌던 일을 말했어요.
바니르 신들은 크게 화를 냈지요.
"이건 우리 바니르 신족을 무시하는 일이다.
절대 이대로 넘어가서는 안 돼!"
바니르 신들은 당장 오딘에게 사과를 요구했어요.
그러나 오딘은 단호하게 거절했어요.
"불태울 만해서 불태웠으니 사과할 이유가 전혀 없소."
두 신족은 서로를 비난하며 팽팽하게 맞섰고,
결국 신들의 전쟁으로 이어졌지요.

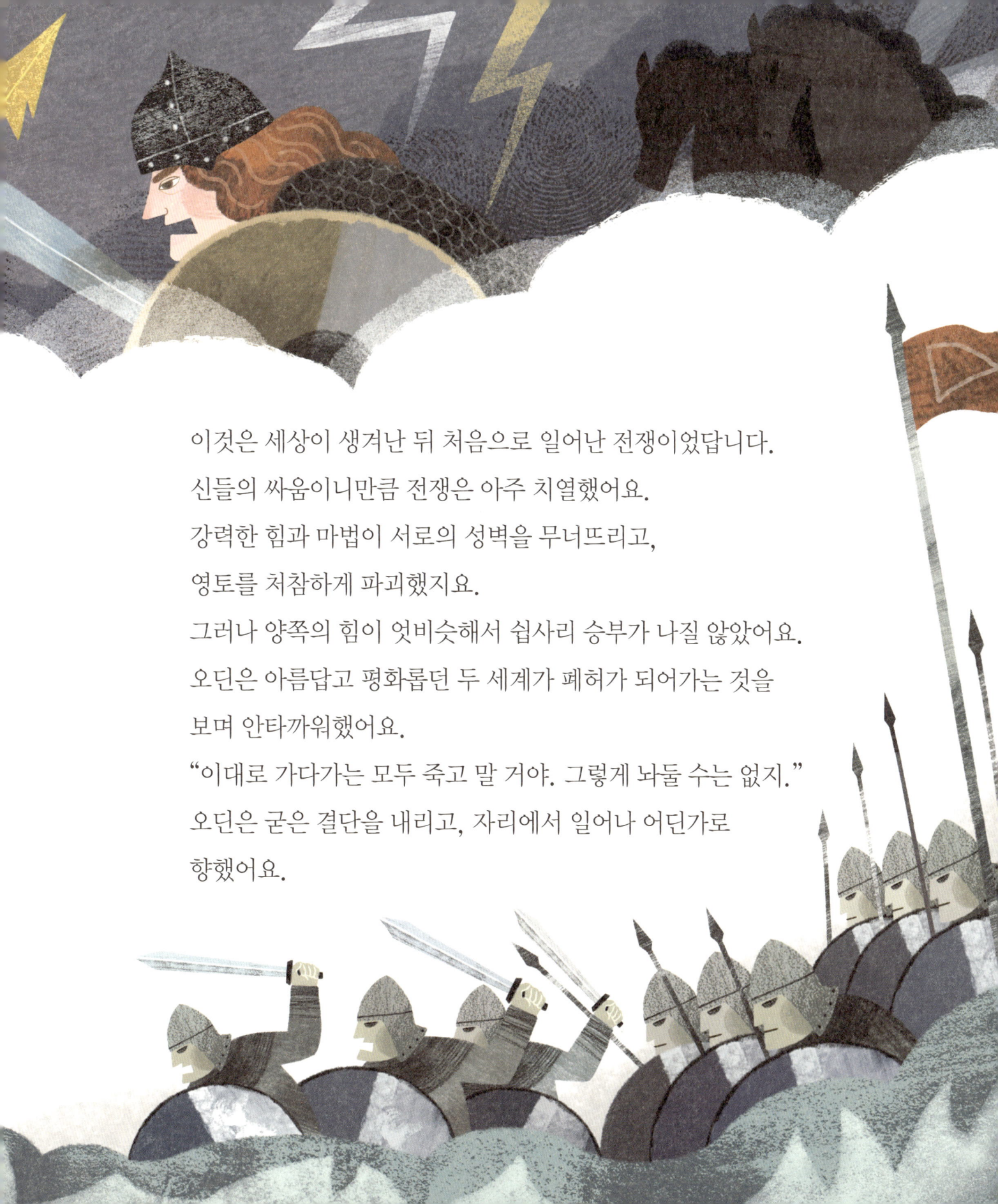

이것은 세상이 생겨난 뒤 처음으로 일어난 전쟁이었답니다.
신들의 싸움이니만큼 전쟁은 아주 치열했어요.
강력한 힘과 마법이 서로의 성벽을 무너뜨리고,
영토를 처참하게 파괴했지요.
그러나 양쪽의 힘이 엇비슷해서 쉽사리 승부가 나질 않았어요.
오딘은 아름답고 평화롭던 두 세계가 폐허가 되어가는 것을
보며 안타까워했어요.
"이대로 가다가는 모두 죽고 말 거야. 그렇게 놔둘 수는 없지."
오딘은 굳은 결단을 내리고, 자리에서 일어나 어딘가로
향했어요.

복수 때문에 머리가 잘린 미미르

에시르 신족과 바니르 신족의 전쟁이 멈출 줄 모르자
오딘은 바니르 신족을 찾아갔어요.
"이제 그만 싸움을 멈추는 게 어떻겠소?"
바니르 신족은 내심 그 말이 반가웠어요.
승부가 나지 않는 전쟁에 지친 건 바니르 신족도
마찬가지였거든요.
"좋소, 우리도 원하는 바요. 그러나 전쟁을 끝내고
평화를 지킨다는 약속에 대한 증표가 필요하오."
두 신족은 의논 끝에 신을 두 명씩 교환하기로 했어요.

바니르 신족 편에서는 바다의 신 뇨르드와 그의 아들인
프레이가 아스가르드에 와서 살기로 했어요.
여기에 뇨르드의 딸이자 프레이의 쌍둥이 여동생인
프레이야도 함께 따라왔지요.
에시르 신족 편에서도 헤니르와 미미르를 바나헤임에
보냈어요.
헤니르는 키가 훤칠하게 크고 얼굴이 잘생긴 신이었어요.
바니르 신족은 그의 아름다운 모습에 반해 새로운
지도자 자리를 맡겼어요.
헤니르는 믿음에 보답하듯 언제나 현명한 결정을 내렸지요.
이렇게 해서 아스가르드와 바나헤임은
다시 평화를 되찾았어요.

그러던 어느 날, 바니르 신족이 급한 일을
해결하기 위해 회의를 열었어요.
이들은 헤니르가 와서 지혜로운 답변을
해 주길 기다렸지요.
한데 헤니르는 회의에 갈 생각은 하지
않고 미미르를 찾느라 바빴어요.
미미르의 행방을 수소문해 보니
하필 멀리 나가 있었지 뭐예요.
이 사실을 알고 헤니르는 당황하여
어쩔 줄 몰라 했어요.
사실 헤니르는 허우대만 멀쩡할 뿐 그리
똑똑하지 못했어요. 그동안 그가
현명한 결정을 내릴 수 있었던 건,
미미르가 옆에서 도와줬기
때문이었지요.

결국 바니르 신족은 헤니르의 진짜 모습을 알고 분노했어요.
"생김새만 똑똑해 보이고 머리는 텅텅 비었다니!"
"나쁜 에시르 신들! 현명한 뇨르드를 데려가고,
자기들은 바보를 보낸 거야!"
분노한 바니르 신족은 에시르 신족에게
복수하기로 뜻을 모으고, 미미르의 머리를
잘라서 오딘에게 보냈답니다.
미미르의 머리를 받은 오딘은
큰 충격을 받았어요.
"대체 미미르가 무엇을 잘못했다고
이런 끔찍한 짓을!"
오딘은 미미르의 머리를 품에
안고 약초를 발라 주며,
영원히 썩지 않게 하는
주문을 외웠어요.

이윽고 미미르가 눈을 뜨며 말했어요.
"오딘, 절대 바니르 신족에게 복수하지 마시오.
복수는 또다시 끔찍한 전쟁을 불러올 뿐이니……."
오딘은 고개를 끄덕이며 알겠다고 대답했어요.
그러고는 미미르의 머리를 들고 예전에 자신의 눈을
넣었던 샘물로 가져가 살며시 띄웠어요.
그날 이후 오딘은 고민이 생기거나 중요한 결정을 할 때
미미르의 머리를 찾아갔지요.
그때마다 미미르는 오딘에게 지혜로운 답변을 주었답니다.
한편 오딘은 미미르가 샘물을 마실 때 사용하던
뿔피리 걀라르호른을 헤임달에게 주었어요.

헤임달은 아스가르드와 다른 세계를 연결하는
무지개다리를 지키는 신이에요.
그는 한밤중에도 멀리 떨어진 곳까지 볼 수 있고,
양들의 털이 자라나는 소리까지 들을 수 있었어요.
심지어 새처럼 조금밖에 안 자는 능력도 지녔어요.
한마디로 최고의 능력을 갖춘 파수꾼이지요.
오딘은 그에게 걀라르호른을 주며 이렇게 당부했답니다.
"헤임달, 언젠가 적들이 쳐들어와 세상이 끝나는 날을
맞게 되면 걀라르호른을 불어 경고하거라."

크바시르의 피로 만든
신비의 꿀술

에시르 신족과 바니르 신족이 전쟁을 끝내기로
했을 때의 일이에요. 한곳에 모인 두 신족은
모두 돌아가며 커다란 통에 침을 뱉었어요.
신들이 하나가 되었음을 의미하는 의식이었지요.
그리고 침을 섞어 크바시르라는 신을 만들었어요.
크바시르는 두 신족의 결합으로 태어난 만큼
지혜롭고 겸손하며 말재주도 뛰어났어요.
그는 세상 곳곳을 여행하며 신과 거인, 난쟁이,
인간 등을 두루 만났어요.

그들의 고민을 귀 기울여 듣고, 스스로 해결할 수 있도록
조언해 준 덕분에 가는 곳마다 진심 어린 환영을 받았지요.
그 무렵 어느 바닷가에 사악한 난쟁이 형제인
피얄라르와 갈라르가 살고 있었어요.
형제는 근처에 온 크바시르를 집으로 초대했어요.

집에 들어오자마자 형제는 차갑게 돌변했어요.
"당신이 그토록 현명하다면 우리가 지금부터
무슨 짓을 할지도 알고 있겠지?"
크바시르는 체념한 표정으로 대답했어요.
"나를 죽여서 꿀술을 만들 작정이군?"
형제는 고개를 끄덕이고는 크바시르를 죽였어요.
그리고 크바시르의 몸에서 흘러나온 피에
꿀을 붓고 막대기로 저어 술을 만들었어요.
이 꿀술은 누구든 한 모금이라도 마시면
뛰어난 시인이 되는 신비한 술이었답니다.

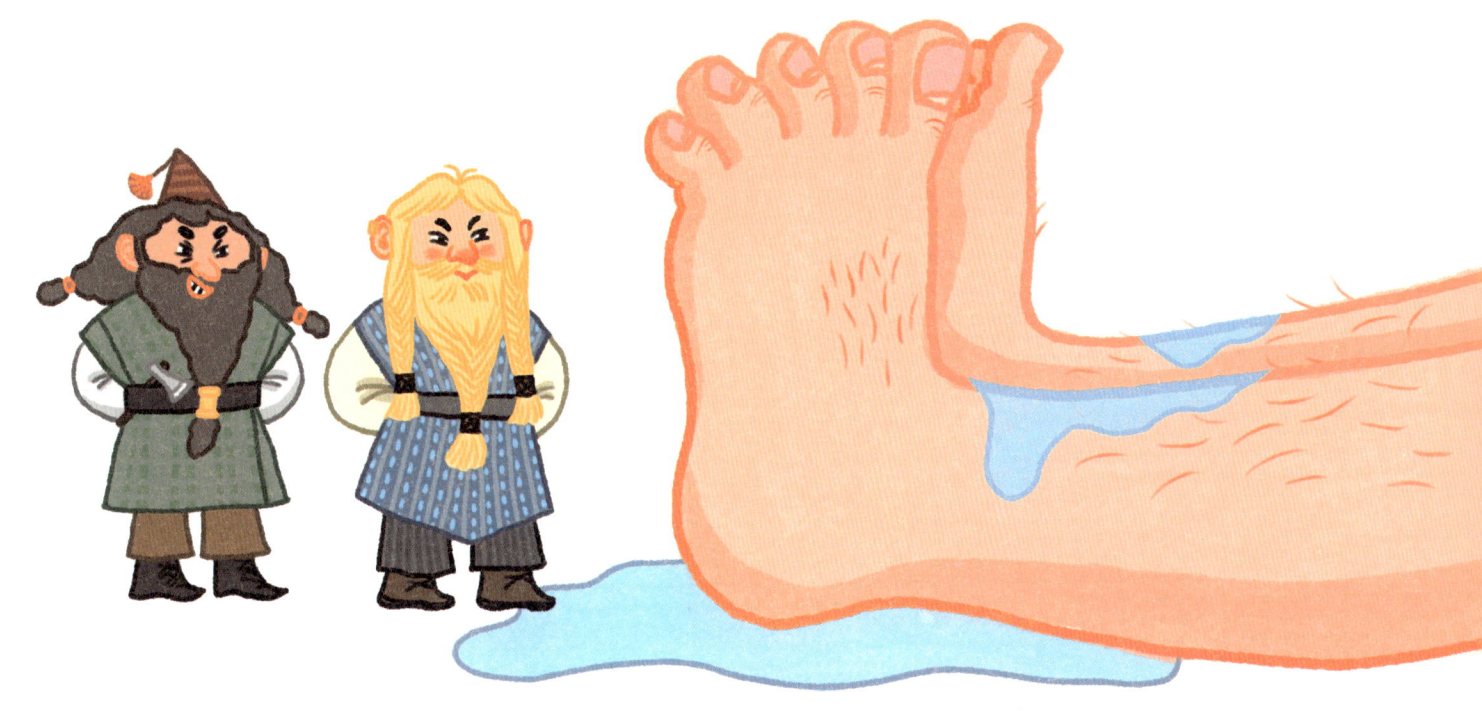

그로부터 얼마 뒤, 난쟁이 형제는 길링이라는 거인도
마음에 안 든다는 이유로 바다에 빠뜨려 죽였어요.
남편의 죽음을 알게 된 거인의 아내가 난쟁이 형제를
찾아와 큰 소리로 울부짖었어요.
형제는 이 소리가 무척 듣기 싫었지요.
"남편이 죽은 장소로 한번 가 보시겠소?"
거인의 아내는 아무 의심 없이 형제를 따라나섰어요.
그 순간 머리 위에 커다란 돌이 떨어지며 목숨을 잃었어요.
형제가 일부러 떨어뜨린 거였지요.

한편 길링 부부가 돌아오지 않자 걱정이 된 아들 주퉁이
난쟁이 형제를 찾아왔어요.
"너희들이 내 부모를 죽였지?"
주퉁은 난쟁이 형제를 억지로 배에 태워 파도가 거친
깊은 바다로 끌고 나갔어요.
그러고는 시커먼 바닷물에 형제를 던지려고 했지요.
다급해진 형제는 주퉁에게 애걸복걸했어요.
"제발 살려 주세요. 보답으로 크바시르의 피로 만든
신비의 꿀술을 드리겠습니다."

주퉁은 꿀술을 받자 부모의 죽음도 잊고 만족스러워했어요.
그는 곧바로 집에 돌아와 산을 뚫어 동굴을 만들었어요.
그리고 그 안에 꿀술을 넣고 딸인 군로드에게 지키게 했지요.
주퉁은 이 보물이 너무 마음에 들어 동네방네 자랑하고
다녔답니다.
"흐흐, 내게는 뛰어난 시인이 될 수 있는 술이 있다네.
하지만 그 맛을 볼 수 있는 자는 나밖에 없지."
이 자랑이 어떤 일을 불러일으킬지 전혀 모른 채 말입니다.

주퉁이 손에 넣은 신비의 꿀술 얘기는 오딘의 귀까지 들어왔어요.
"그 꿀술은 신들의 침에서 태어난 크바시르의 피로 만들었으니 신들의 품으로 돌아오는 게 마땅하지."
오딘은 거인으로 변신하여 길을 떠났어요.
도착한 곳은 주퉁의 동생인 바우기의 농장이었지요.
그곳에는 일꾼 아홉 명이 낫으로 풀을 베고 있었어요.

오딘은 은근슬쩍 다가가 이야기를 나누다가 숫돌을 꺼내
일꾼들이 쓰고 있는 낫을 아주 날카롭게 갈아 주었어요.
덕분에 일꾼들은 힘을 거의 들이지 않아도 풀을 슥슥
벨 수 있었어요.
"그 숫돌을 우리한테 팔지 않겠소?"
"내가 던지는 숫돌을 잡는 사람에게 그냥 드리죠."
오딘은 그렇게 말하면서 숫돌을 공중으로 휙 던졌어요.
일꾼들은 숫돌을 차지하기 위해 앞다투어 뛰어올랐지요.
그 바람에 서로가 들고 있던 낫에 베이거나 찔려 죽고
말았답니다.

오딘은 바우기의 집을 찾아갔어요.
바우기는 일꾼들이 모두 죽어서 곤란해하고 있었지요.
오딘이 그 속사정을 전혀 모른 척하며 부탁했어요.
"내가 아홉이 하던 일을 몽땅 맡을 테니 일꾼으로 써 주시오.
품삯은 주퉁이 가진 꿀술 한 모금이면 됩니다."

바우기는 당장 일꾼이 필요했기에 오딘의 부탁을
기꺼이 받아들였어요.
오딘은 여름 내내 바우기의 농장에서 열심히 일했어요.
일꾼 아홉 명이 아니라 스무 명이 할 일을 해냈지요.
일이 끝나자 바우기는 오딘을 데리고 주퉁에게 갔어요.
"형님, 내 일꾼에게 꿀술 한 모금만 맛보게 해 주세요."
주퉁은 딱 잘라 거절했지요.
"어림없는 소리. 일꾼은 물론, 너에게도 줄 수 없어."
바우기는 어깨를 축 늘어뜨린 채 주퉁의 집을 나섰어요.
하지만 오딘은 포기하지 않고 바우기에게 꿀술을 훔치자고
제안했답니다.

둘은 주통이 꿀술을 숨겨 놓은 산에 올라갔어요.
바우기가 바위를 뚫는 기구를 산등성이에 대고
비틀자 순식간에 구멍이 뻥 뚫렸어요.
오딘은 그때를 놓치지 않고 냉큼 뱀으로
변신하여 구멍 안으로 쏙 미끄러져 들어갔지요.
구멍을 지나자 커다란 동굴이 나왔어요.
그곳에는 주통의 딸 군로드가 꿀술이 숨겨져 있는
동굴 안 깊숙한 곳의 문을 홀로 지키고 있었어요.
"군로드가 아름답다는 소문을 듣고 찾아왔는데,
직접 보니 소문보다 훨씬 아름답군요."

오딘의 말에 군로드의 뺨이 붉어졌어요.
오딘은 동굴에서 사흘 동안 머물며 그녀의 마음을
단단히 사로잡았어요.
결국 오딘에게 흠뻑 빠진 군로드는 아버지의 당부를 잊고
잠가 뒀던 문을 열어 주었답니다.
오딘은 두 개의 통과 한 개의 주전자에 담긴 꿀술을
단 세 모금 만에 전부 마셔 버렸어요.
그리고 거대한 독수리로 변신해 하늘로 날아올랐어요.
곧바로 군로드의 비명이 온 산에 울려 퍼졌지요.

꿀술을 빼앗겼다는 것을 바로 알아차린 주퉁은 자신도
독수리로 변신해서 아스가르드로 향하는 독수리를 쫓아갔어요.
그때 아스가르드의 신들이 그 광경을 보고
빈 나무통 세 개를 성벽 안쪽에 놓았어요.
독수리로 변신한 오딘은 주퉁의 추격을
아슬아슬하게 피하면서 성에 다다랐지요.
오딘의 꼬리가 주퉁의 부리에 잡힐 것 같던 순간!
오딘이 입에 담고 있던 꿀술을 뱉어 나무통에 담았어요.
신비의 꿀술이 드디어 신들에게 돌아온 거예요.

한편 오딘은 쫓기던 중에 꿀술 몇 방울을 떨어뜨렸어요.
인간 세상에 가끔 위대한 시인이 나타나는데,
그들이 바로 이 꿀술을 마신 사람이라고 합니다.

시프의 금발
도난 사건

토르는 신들 가운데 가장 힘이 세고 용맹한 신이에요.
그에게는 시프라는 사랑스러운 아내가 있었지요.
시프의 머리카락은 아름다운 황금빛인 데다 비단처럼
매끄러워서 모두가 부러워했어요.
그런데 어느 날 아침, 잠에서 깨어난 시프는 머리를
매만지다가 화들짝 놀라 비명을 질렀어요.
황금빛 머리카락이 한 올도 없이 사라지고
분홍빛 맨살이 드러났던 거예요.
보나 마나 로키가 한 짓이 분명했어요.

로키는 장난치는 걸 좋아하는 악동 신이거든요.
토르는 한걸음에 로키를 찾아가 멱살을 잡았어요.
"네가 한 짓이지? 대체 왜 시프를 대머리로 만든 거야!"
로키는 웃음이 나오려는 걸 꾹 참고 최선을 다해
주눅 든 표정으로 말했어요.
"그냥 재미 삼아 한 거야."
약이 잔뜩 오른 토르가 천둥처럼 소리 질렀어요.
"당장 시프의 머리카락을 되돌려 놔!
그렇지 않으면 네 몸의 뼈를 전부 다 부러뜨릴 거야."
로키는 그제야 장난기를 멈췄지요.
"난쟁이들을 만나 부탁해 볼게. 그들은 뭐든지 뚝딱뚝딱
만들어 내니까 시프의 머리카락도 만들 수 있을 거야."

로키가 가장 먼저 찾아간 곳은 난쟁이 이발디의 세 아들이 일하는 대장간이었어요.
로키는 환하게 웃으며 인사했어요.
"안녕? 여기가 난쟁이들 중에서 손재주가 가장 뛰어나다는 에이트리와 브로크 형제가 일하는 곳인가?"
"아뇨, 우리는 이발디의 아들들입니다. 그리고 손재주가 가장 뛰어난 난쟁이는 당연히 우리죠."
로키는 갑자기 장난기가 발동했어요.

"그럼 에이트리 형제와 시합을 해 보는 게 어때?
각자 세 가지 보물을 만든 다음, 신들에게 최고의 보물을
고르라고 하는 거야. 그 보물을 만든 형제가 이기는 거지."
이발디의 세 아들은 망설이지 않고 대답했어요.
"좋습니다. 한데 어떤 보물을 만들면 되겠습니까?"
로키는 옳다구나 하며 말했어요.
"당신들이 실력을 뽐낼 수 있는 걸 만들면 돼.
단! 세 가지 중 하나는 완벽한 황금 머리카락이어야 해."
"머리카락쯤은 전혀 어렵지 않죠."

이발디의 아들들은 흔쾌히 내기를 받아들였답니다.
로키는 가벼운 발걸음으로 에이트리와 브로크 형제가
일하는 대장간으로 건너갔어요.
그리고 에이트리와 브로크 형제에게도 각자 세 가지 보물을
만들고 그중 최고의 보물을 뽑는 시합을 하자고 제안했지요.
로키는 난쟁이 형제들을 경쟁시켜 보물을 여섯 개나
얻어 낼 꿍꿍이였던 거예요.
　에이트리와 브로크 형제는 잠시 고민하더니,
　　시합을 수락하면서 조건 하나를 걸었어요.
　　　"대신 우리가 이기면 당신 머리를 주시오."
　　　난쟁이들은 이 기회에 꼴 보기 싫은 로키를 없애고
　　　싶었거든요. 그런데 웬일인지 로키는 그 말을
　　　듣고도 화난 기색이 전혀 없었어요.
　　　"좋아, 당신들이 이기면 내 머리를 내주지."
　　　거래가 이루어지자 형제는 대장간으로 들어가
　　　본격적으로 보물을 만들기 시작했어요.

브로크는 풀무질을 하고, 에이트리는 뜨겁게 달궈진
용광로에 쇠를 넣었다 뺐다 하며 망치로 탕탕 두드려
원하는 모양을 만들기 시작했어요.
에이트리는 망치질을 하며 브로크에게 신신당부했어요.
"브로크, 용광로의 열기가 식지 않게 계속 풀무질을 해 줘.
불길이 활활 타올라야 물건을 제대로 만들 수 있어."
"알았으니까 걱정 마!"

그런데 어디선가 갑자기 파리 한 마리가 날아와 브로크의
귓가를 윙윙 맴돌았어요.
그 파리는 다름 아닌 로키가 변신한 것이었답니다.
브로크가 파리를 쫓아내려고 고개를 마구 흔들었지만
파리는 오히려 더 윙윙거리며 성가시게 했어요.
급기야 풀무를 쥔 손등 위에 내려앉아 물기까지 했지요.
그래도 브로크는 풀무질을 멈추지 않았어요.
그때 에이트리가 용광로에서 금빛 털이 번쩍이는
커다란 멧돼지를 꺼냈어요.
"브로크, 네가 온도를 잘 유지해 준 덕분에 완성했어."

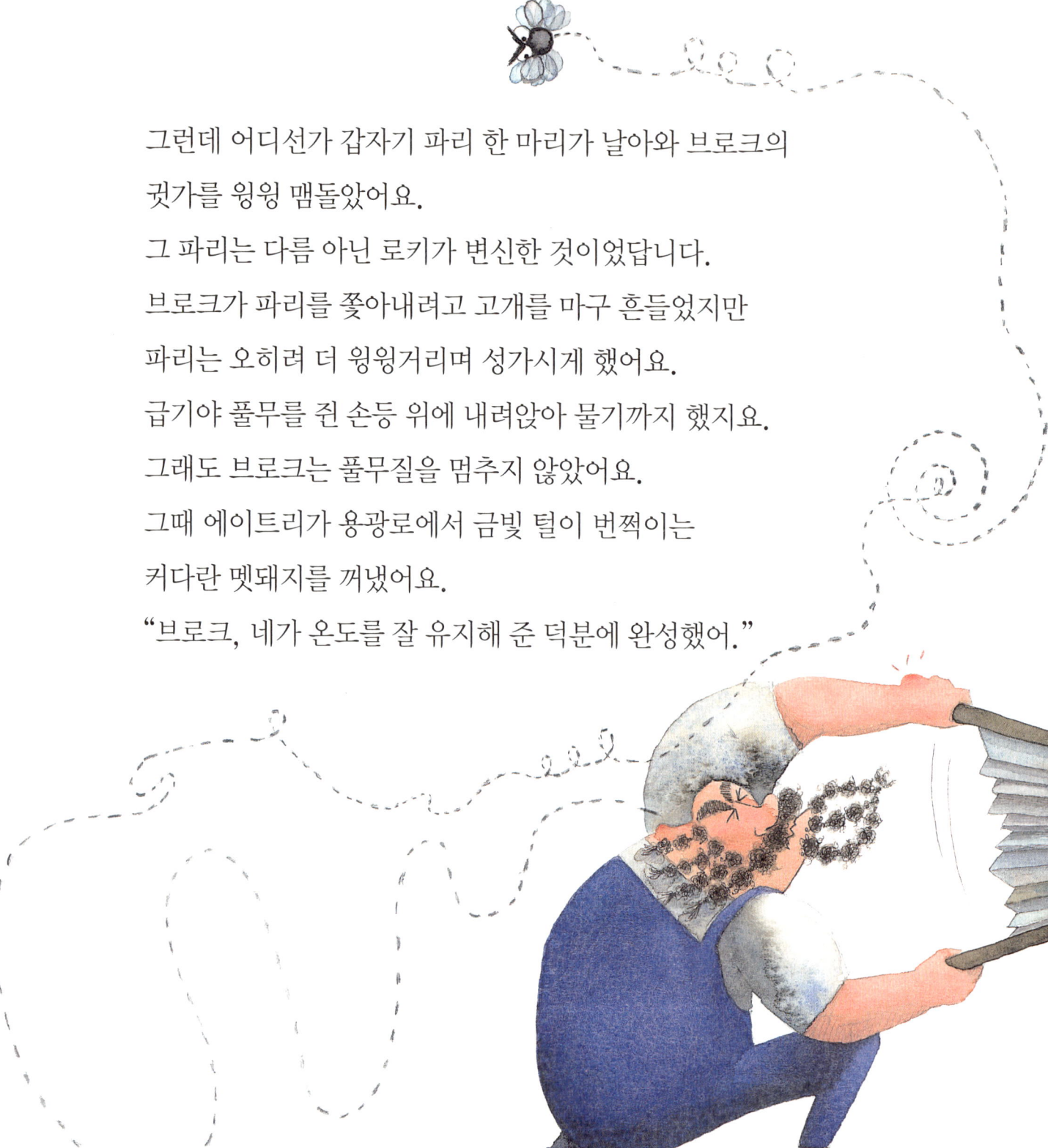

천장 구석에 붙어 있던 파리는 속이 부글부글 끓었어요.
이제 다음 보물을 만들려고 브로크가 풀무질을 하는데,
파리가 브로크의 목에 내려앉아 힘껏 물었어요.
브로크의 얼굴이 구겨지고 목에서 진홍색 피가 흘렀지요.
그러나 그는 풀무질을 멈추지 않았답니다.
그사이 에이트리가 불에 달군 금덩이를
수차례 두드리자 근사한 황금 팔찌가
완성됐어요.

이제 세 번째 보물을 만들 차례였어요.
파리로 변신한 로키는 마음이 급해졌어요.
'이번에는 무슨 일이 있어도 제대로 된 물건을
만들지 못하게 훼방 놓아야 해.'
파리는 브로크의 양쪽 눈 사이에 내려앉더니
다짜고짜 그의 눈꺼풀을 꽉 물어 버렸어요.
브로크는 눈꺼풀에서 피가 흘러 눈 속으로 들어가자
잠시 앞이 보이지 않았어요.
저도 모르게 풀무질이 느려졌지요.
그제야 들러붙었던 파리가 떨어져 나갔어요.

마침내 에이트리가 세 번째 보물인 망치를 다 만들었어요.
그러나 그의 표정이 좋지 않았어요.
"브로크, 풀무질이 느려져서 완벽하게 만들지 못했잖아."
그때 파리에서 원래 모습으로 돌아온 로키가 어슬렁어슬렁
대장간 안으로 들어왔어요.
"자, 대결할 준비는 다 됐겠지?"
로키의 물음에 눈꺼풀이 잔뜩 부어오른 브로크가 대답했어요.
"물론이죠! 곧 대결에서 이기고 당신 머리를 가져올 겁니다!"
과연 로키의 머리는 무사할 수 있을까요?

신들이 뽑은 최고의 보물

로키는 이발디의 세 아들, 그리고 에이트리와 브로크
형제와 함께 아스가르드로 돌아왔어요.
궁전에는 최고신 오딘, 천둥의 신 토르,
풍요의 신 프레이가 나란히 앉아 있었어요.
그들은 난쟁이들이 만든 것들 중에서 최고의 보물을
뽑을 판정단이었지요.
오딘이 기대에 찬 표정으로 말했어요.
"그래, 어디 난쟁이들의 솜씨를 좀 볼까?"

먼저 이발디의 첫째 아들이 오딘에게 창끝에
룬 문자가 새겨진 아름다운 창을 보여 주었어요.
"이건 궁니르라는 마법의 창입니다. 이 창은 어떻게
던져도 언제나 목표물을 정확하게 맞힐 수 있습니다."
눈이 하나뿐이라 겨냥이 완벽하지 않았던 오딘에게
꼭 필요한 창이었지요.
오딘은 궁니르를 살펴보더니 흡족한 얼굴로 말했어요.
"마음에 쏙 드는구려."

이발디의 둘째 아들이 토르에게 두 번째 보물을 내밀었어요.
"이건 순금에서 실을 뽑아내 만든 머리카락입니다.
머리에 쓰면 저절로 달라붙어서 진짜 머리칼처럼 보인답니다."
아름다운 황금 머리카락을 보며 토르가 감탄했어요.
"정말 잘 만들었군. 시프에게 잘 어울리겠어."

마지막으로 이발디의 막내아들이 세 번째 보물을 프레이에게
바쳤어요.
"이것은 천처럼 보이지만, 펼치면 언제든 순한 바람을
불러오는 거대한 배로 변합니다. 평소에는 접어서 주머니에
넣었다가 필요할 때 강이나 바다에 펼쳐서 사용하면 됩니다."
프레이는 설명을 듣고 매우 감동한 눈치였어요.
로키는 그제야 안도의 한숨을 내쉬었지요.
'그래, 이 정도면 이발디의 세 아들이 당연히 이기겠지?'

이제 에이트리와 브로크 형제가 보물을 보여 줄 차례였어요.
브로크가 오딘에게 황금으로 만든 팔찌를 내밀었어요.
"드라우프니르라는 팔찌입니다. 이 팔찌를 차고 있으면
아홉째 날마다 이것과 똑같은 황금 팔찌 여덟 개가
새로 생겨날 것입니다."
오딘이 팔찌를 팔에 끼우자 팔찌가 찬란하게 빛을 발했어요.
"아주 멋지군."

이어 에이트리가 프레이 앞으로 다가가 황금 털이 난 거대한 멧돼지를 보여 줬어요.
"이건 당신의 전차를 끌게 하려고 만든 멧돼지입니다. 어떤 말보다도 빠르게 하늘을 가로지를 뿐만 아니라 바다도 건널 수 있지요. 밤에는 황금 털이 빛을 내며 어둠을 밝혀 준답니다."
프레이는 황금 멧돼지를 보며 기뻐했어요.

드디어 브로크가 마지막 보물인 은빛 망치를 토르 앞에 놓으며 설명했어요.
"이건 세상에서 가장 강력한 망치 묠니르라고 합니다. 이 망치는 절대 망가지지 않으며, 목표로 한 것을 반드시 명중하고, 아무리 먼 곳으로 던져도 항상 주인의 손으로 돌아온답니다."
묠니르를 본 토르의 얼굴이 환해졌어요.
그래도 로키는 크게 걱정하지 않았어요.
풀무질을 제대로 못한 바람에 망치 손잡이가 조금 짧게 만들어졌다는 걸 알고 있었으니까요.
하지만 토르는 개의치 않았어요.
"손잡이가 짧은 건 상관없어. 이 망치는 아스가르드를 적으로부터 보호해 줄 거야. 지금까지 본 것들 중에서 가장 훌륭한 보물이군!"
오딘과 프레이도 고개를 끄덕였어요.
이를 본 로키는 속이 타들어 가는 것 같았어요.

"토르, 손잡이 짧은 망치보다 시프를 빛내 줄
황금 머리카락이 더 낫지 않아?"
로키가 말려 보려고 했지만 토르는 고개를 저었어요.
"내 아내를 다시 웃게 할 머리카락도 물론 좋아.
하지만 아스가르드를 지켜 줄 망치가 최고지!"
나머지 신들도 난쟁이들이 만든 여섯 개의 보물 중에서
망치를 최고로 꼽았어요.

에이트리와 브로크 형제가 환호성을 질렀어요.
"로키, 결과를 들었지요? 그럼 이제 약속대로
머리를 내놓으시지요."
로키는 재빨리 머리를 굴린 뒤 조건을 달았어요.
"그래, 대신 내 머리만 가져가겠다고 했으니,
내 목은 절대 다치게 해선 안 돼."
형제는 당황해서 말이 나오지 않았어요.

목을 베지 않고 머리를 자르는 건 말도 안 되잖아요.
브로크는 잠시 궁리하더니 가죽 조각과 바늘,
송곳 등을 주섬주섬 꺼냈어요.
"좋아요, 당신의 목은 다치지 않게 해 줄게요."
로키의 눈이 당황해서 흔들렸어요.
"뭐, 뭘 어떻게 하려는 거야?"

"뭐긴 뭐야? 그 잘난 입을 열지 못하게 하려는 거지."
그러고는 가죽으로 로키의 입을 덮고 송곳으로 찔러
구멍을 뚫은 다음, 그 구멍에 실을 넣고 꿰매 버렸어요.
로키가 비명을 지르며 발버둥 쳤지만 브로크는
들은 척도 하지 않았어요.
신들 역시 평소에 남에게 골탕을 먹이고 다니는 로키가
혼쭐이 나 봐야 한다며 도와주지 않았지요.
에이트리와 브로크 형제는 로키의 입을 단단히 꿰매고는
유유히 대장간으로 돌아갔어요.
이렇게 해서 시프는 황금빛 머리카락을 되찾았고,
난쟁이들은 얄미운 로키를 혼내 줬고,
신들은 귀한 보물을 받을 수 있었답니다.

신들에게 속아 버린 석공

에시르 신족과 바니르 신족이 싸웠을 때
아스가르드를 둘러싼 성벽이 부서졌어요.
에시르 신족에게 성벽은 아주 중요했어요.
힘세고 괴팍한 거인들의 침입을 막아 줄 수 있었거든요.
하지만 이렇게 부서진 상태로 놔뒀다가는
언제 침입을 당할지 몰라 하루바삐 손봐야 했어요.
그런데도 신들은 아무도 나서려고 하지 않았어요.
성벽을 쌓는 건 너무 힘들고 만만찮은 일이었으니까요.
성벽은 그렇게 부서진 채로 방치되었답니다.
그러던 어느 날, 한 남자가 신들을 찾아왔어요.

"저는 돌을 다듬어 건물을 짓는 석공입니다.
보아하니 아스가르드의 성벽이 꽤 무너졌던데,
1년 반 안에 예전보다 훨씬 더 튼튼한 성벽을
쌓아 드리겠습니다."
석공의 말을 들은 오딘이 물었어요.
"세상에 공짜는 없는 법! 원하는 대가가 있을 텐데?"
석공이 기다렸다는 듯 바로 대답했어요.
"사랑의 여신 프레이야를 아내로 삼게 해 주십시오.
그리고 태양과 달도 주십시오."

신들은 석공의 요구에 기가 막혔어요. 아무리 성벽을
쌓는 게 급하다고 해도 대가가 터무니없이 컸으니까요.
한낱 인간에게 여신과 태양과 달을 넘길 순 없었어요.
이 소식을 들은 프레이야는 기가 막힌 걸 넘어 분노했지요.
"누구 맘대로 나를 품삯으로 계산하려는 건가요?"
다른 신들도 석공의 요구를 절대 받아들일 수 없다며
목소리를 높였어요.
이때 로키가 자신만만한 표정을 지으며 나섰어요.
"절대 손해 안 볼 방법이 하나 있지! 바로 공사 기간을
반년으로 줄이는 거야. 그 짧은 기간 안에 완성하지 못할
게 뻔하니 대가를 주지 않아도 되고, 반년 동안 쌓은 성벽은
우리한테 그대로 남을 테니까."
과연 꾀쟁이 신으로 유명한 로키다운 의견이었어요.
로키의 설명에 귀가 솔깃해진 신들은 모두 찬성했어요.
프레이야는 혹시나 석공이 기간 안에 완성할까 봐 반대했지만
결국 다수의 의견을 따를 수밖에 없었지요.

로키는 석공을 불러 새로운 조건을 제안했어요.
"우리는 1년 반이나 기다릴 수 없어. 여섯 달을 줄 테니
그 안에 완성하라고. 그러면 네가 원하는 요구도 다 들어주지.
단, 누구의 도움도 받지 말고 혼자 일해야 해."
일방적으로 불리한 조건에 석공이 펄쩍 뛰었어요.
"말도 안 됩니다. 무슨 수로 그 안에 성벽을 다 쌓는답니까?"
하지만 아무리 애원해도 신들이 끄덕도 하지 않자,
석공은 별수 없이 조건을 받아들이기로 했어요.

다만 딱 한 가지 조건을 덧붙였지요.
"좋습니다. 대신 내가 타고 온 스바딜파리라는 말의 도움을 받게 해 주십시오."
신들은 길게 고민하지 않고 바로 허락했어요.
말 한 마리가 도와 봤자 얼마나 돕겠냐 싶었거든요.
이렇게 해서 성벽을 쌓는 계약이 체결되었답니다.

석공은 아스가르드의 성벽을 새로 쌓는 공사를 시작했어요.
그는 밤이 되면 스바딜파리에게 그물을 매달아 채석장으로
데리고 갔어요. 그리고 집채만 한 돌을 그물에 실어 공사할
곳까지 나르게 했지요.
낮이 되면 말이 밤새 실어 나른 돌을 쌓아 성벽을 만들었고요.
석공과 말은 잠도 안 자고 밤낮으로 일을 했어요.
덕분에 성벽은 하루가 다르게 높이 쌓였고, 약속한 날짜가
사흘 남았을 무렵에는 거의 완성되었어요.

이제 남은 것은 성의 출입구 하나뿐.
이마저도 사흘 안에 충분히 마무리될 게 분명했어요.
신들은 한데 모여 이 위기를 해결할 방법을 고민했어요.
하지만 아무리 궁리해도 뾰족한 방법이 없었지요.
결국 모든 원망이 로키에게 쏟아졌어요.
"공사 기간만 줄이면 된다고 큰소리치더니 이게 무슨 꼴이야!"
로키는 신들의 닦달에 무척 곤혹스러웠어요.
그는 잠시 생각에 잠기는 것 같더니 어디론가 휙 사라졌지요.

어느덧 약속한 날이 하루 앞으로 다가왔어요.
이제 돌 몇 개만 더 쌓으면 성벽이 완성될 터였지요.
"하루만 더 일하면 아름다운 프레이야 여신과 결혼하고
태양과 달도 얻겠구나."
그때 갑자기 숲에서 아름다운 암말이 튀어나왔어요.
히이잉! 암말은 유혹하는 듯한 울음소리를 내더니
숲속으로 도로 들어가 감쪽같이 사라졌어요.
그러자 안달이 난 스바딜파리가 고삐를 끊고
암말이 사라진 곳을 향해 미친 듯이 달려갔어요.
석공은 마구 소리 지르며 열심히 뒤쫓았지만
달리는 말을 따라잡기란 불가능했지요.

결국 공사는 정해진 날짜에 마무리되지 못했답니다.
석공은 신들을 찾아가 길길이 날뛰었어요.
"이 사기꾼 신들아! 공사를 끝내지 못하게 속임수를 쓴 거지?
쌓아 올린 성벽을 다 부숴 버리고 말 테다!"
분노에 찬 석공은 몸이 점점 커졌어요.
알고 보니 인간으로 변신한 거인이었던 거예요.
신들은 어찌할 바를 몰랐어요.

그때 토르가 앞에 나섰어요.
"감히 신에게 덤볐겠다!"
그러고는 망치 묠니르를 꺼내 있는 힘껏 휘둘렀어요.
석공으로 변신했던 거인은 머리에 묠니르를 맞고
그 자리에서 쓰러져 죽고 말았지요.
신들은 그제야 안도의 한숨을 내쉬었어요.
그런데 가장 마음을 졸였을 로키가 보이지 않았어요.

그로부터 몇 달 후, 사라졌던 로키가 나타났어요.
다리가 여덟 개나 달린 망아지와 함께요.
알고 보니 이 망아지는 성벽 공사가 끝나기 전날,
숲속에서 튀어나와 스바딜파리를 유혹했던 암말이
스바딜파리와의 사이에서 낳은 새끼였어요.
새끼를 낳은 암말은 바로 로키가 변신한 거였고요!
로키는 망아지를 오딘에게 선물로 바쳤어요.
"이 망아지는 세상에서 가장 빠르게 달릴 수 있습니다.
땅 위를 달리고 바다를 헤엄치고 하늘을 날 수도 있지요."
오딘은 말에게 슬레이프니르라는 이름을 지어 준 뒤
늘 아끼며 타고 다녔답니다.

거인 흐룽그니르와 토르의 결투

오딘의 왕좌는 앉기만 해도 아홉 개의 세계에서 일어나는
모든 일을 한눈에 볼 수 있는 특별한 힘이 있었어요.
오딘은 왕좌에 앉아 세계를 살피는 데 많은 시간을 보냈지요.
그러나 가끔은 이런 일이 갑갑하고 싫증 나기도 했어요.

어느 날, 오딘은 자리에서 벌떡 일어났어요.
"바람 좀 쐬고 와야겠어."
그는 곧장 아끼는 말 슬레이프니르에 올라탔어요.
그길로 아스가르드를 빠져나가 요툰헤임까지 갔지요.
오딘은 그곳에서 거인 흐룽그니르를 마주쳤어요.
"달려오는 걸 봤는데 말이 달리는 실력이 대단하더군.
내 말 굴팍시와 한번 겨뤄 보겠나?"
"좋지."
둘은 말의 고삐를 잡고 달리기 시작했어요.
그러다 어느새 신들의 세계에 들어서고 말았지요.
흐룽그니르는 당황해서 얼른 말을 멈춰 돌아서려 했어요.
그때 오딘이 흐룽그니르를 붙잡았어요.
"이왕 여기까지 왔으니 술이나 한잔하고 가게."

마침 연회를 즐기고 있던 신들은 거인의 등장에
경계하는 눈빛을 보냈지만 오딘이 진정시켰어요.
"내가 정식으로 초대한 손님이니 반갑게 맞아 주게."
그러고는 흐룽그니르에게 술을 가득 따라 주었어요.
흐룽그니르는 오딘이 따라 주는 대로 족족 마시다가
거나하게 취해 버렸어요.
혀가 잔뜩 꼬부라져 술주정을 부리기 시작했지요.
"신들의 세계도 별것 없군. 이깟 궁전쯤 한 손에
들고 바다에 처넣을 수 있다고!"

분위기는 순식간에 싸늘해졌어요.
"이게 감히 어디서 술주정이야?"
토르는 당장 흐룽그니르의 머리에
묠니르를 휘두를 태세였어요.
그 순간 흐룽그니르는 정신이 바짝 들었어요.
"지, 지금 그 망치로 날 죽인다면 다들 비웃을걸?
토르가 취해 있는 거인을 공격했다고 말이야.
내가 술이 깨면 그때 정식으로 대결하는 게 어때?"
"좋아, 도전을 받아들이지!"
흐룽그니르는 궁전에서 나오자마자 잽싸게 달아났지요.

대결을 앞두고 거인들은 진흙으로 거인을 만들어
흐룽그니르의 부하로 세우자는 작전을 짰어요.
"보기만 해도 겁먹어서 싸울 의지를 잃을 만큼
아주 큰 거인을 만들자고!"
거인들은 어마어마하게 큰 진흙 거인을 만들고,
가슴에 말의 심장을 넣어 살아 있는 듯 보이게 했어요.
마침내 결전의 날이 되었어요.
흐룽그니르는 숫돌을, 토르는 묠니르를 동시에 던졌어요.

두 개의 무기가 허공에서 만나 꽝 부딪쳤어요.
그 순간 숫돌은 산산조각이 나며 사방으로
흩어졌고, 묠니르는 그 사이를 뚫고 날아가
흐룽그니르의 이마에 박혔어요.
흐룽그니르는 머리가 두 조각으로 갈라지며 쓰러졌지요.
그걸 본 토르의 부하가 진흙 거인에게 빠르게
달려가 도끼로 공격했어요.
진흙 거인은 도끼를 피하려다 무너져 버렸답니다.
이렇게 흐룽그니르는 허무하게 패배하고 말았지요.
그런데 토르는 승리의 웃음은커녕 비명을 질렀어요.

하필 흐룽그니르가 던진 숫돌의 파편 하나가
토르의 머리에 깊숙이 박힌 거예요.
게다가 흐룽그니르가 쓰러지면서 묵직한 다리로
토르의 목을 내리눌렀거든요.
흐룽그니르의 다리는 너무나 무거워서 도저히
치울 수가 없었지요.
토르는 고통에 겨워하며 간신히 말했어요.

"어, 어서 마그니를 데려와."
마그니는 토르가 여자 거인과의 사이에서 낳은 아들이에요.
얼마 후 연락을 받고 찾아온 마그니는 아버지의 목을 누르는
흐룽그니르의 다리를 단숨에 치웠어요.
토르는 마그니를 칭찬하며 흐룽그니르의 말 굴팍시를
주었답니다.
그러나 한 가지 문제가 더 있었어요.

토르의 머리에 박힌 숫돌 파편이
아스가르드로 돌아와서도 빠지지 않은 거예요.
토르는 수소문 끝에 마법으로 용한 그로아를 불렀어요.
그녀가 토르의 머리에 손을 얹고 마법의 주문을 외우자
숫돌 조각이 박힌 부분이 느슨해지며 고통이 줄어들었어요.
이제 막 숫돌을 빼려는데, 토르가 고마움의 표시로
행방불명이 된 그녀의 남편 소식을 들려주었어요.
"내가 얼마 전에 강가에서 헤매고 있는 당신 남편을 구했어.
조금만 기다리면 돌아올 거야."
그로아는 죽은 줄 알았던 남편이 살아 있다는 소식에
너무 기쁜 나머지, 그만 주문을 잊어버리고 말았어요.
결국 숫돌 파편은 영원히 토르의 머리에 박혀 있게
되었답니다.

거인과 결혼할 뻔한 토르

토르는 난쟁이 에이트리와 브로크가 만들어 준
묠니르를 항상 몸에 지니고 다녔어요.
세상에서 가장 용맹한 신인 토르와
세상에서 가장 강한 망치인 묠니르가 만나자
그야말로 천하무적이었지요.
어느 날 아침, 그날도 토르는 잠에서 깨어나자마자
손을 뻗어 묠니르부터 찾았어요.
그런데 어쩐 일인지 묠니르가 손에 잡히지 않았어요.
벌떡 일어나 방 안을 샅샅이 뒤졌지만
묠니르는 온데간데없었답니다.

"누가 내 묠니르를 훔쳐 간 게 분명해!"
토르는 꾀가 많은 로키를 찾아가 묠니르
찾는 걸 도와달라고 부탁했어요.
로키는 골똘히 궁리하더니 여신 프레이야를
찾아가 깃털 망토를 빌렸어요.
깃털 망토를 어깨에 둘러 매로 변신한 로키는
거인들의 세계 요툰헤임으로 날아갔지요.

로키는 하늘을 날며 땅 위를 샅샅이 살펴봤어요.
그때 덩치가 산처럼 크고 흉측하게 생긴 거인 스림이
바위에 앉아 있는 게 보였어요.
로키가 스림의 옆에 내려앉으며 말했어요.
"묠니르가 감쪽같이 사라졌는데 혹시 아는 거 있어?"
그러자 스림이 씨익 웃으며 사실을 털어놓았어요.
"그거 내가 훔쳤어. 오딘도 못 찾을 곳에 꽁꽁 숨겨 놨지.
하지만 내가 원하는 걸 주면 돌려줄 수도 있어."
"원하는 게 뭔데?"
"내가 원하는 건 프레이야와 결혼하는 거야.
결혼식이 끝나면 묠니르를 돌려줄게."

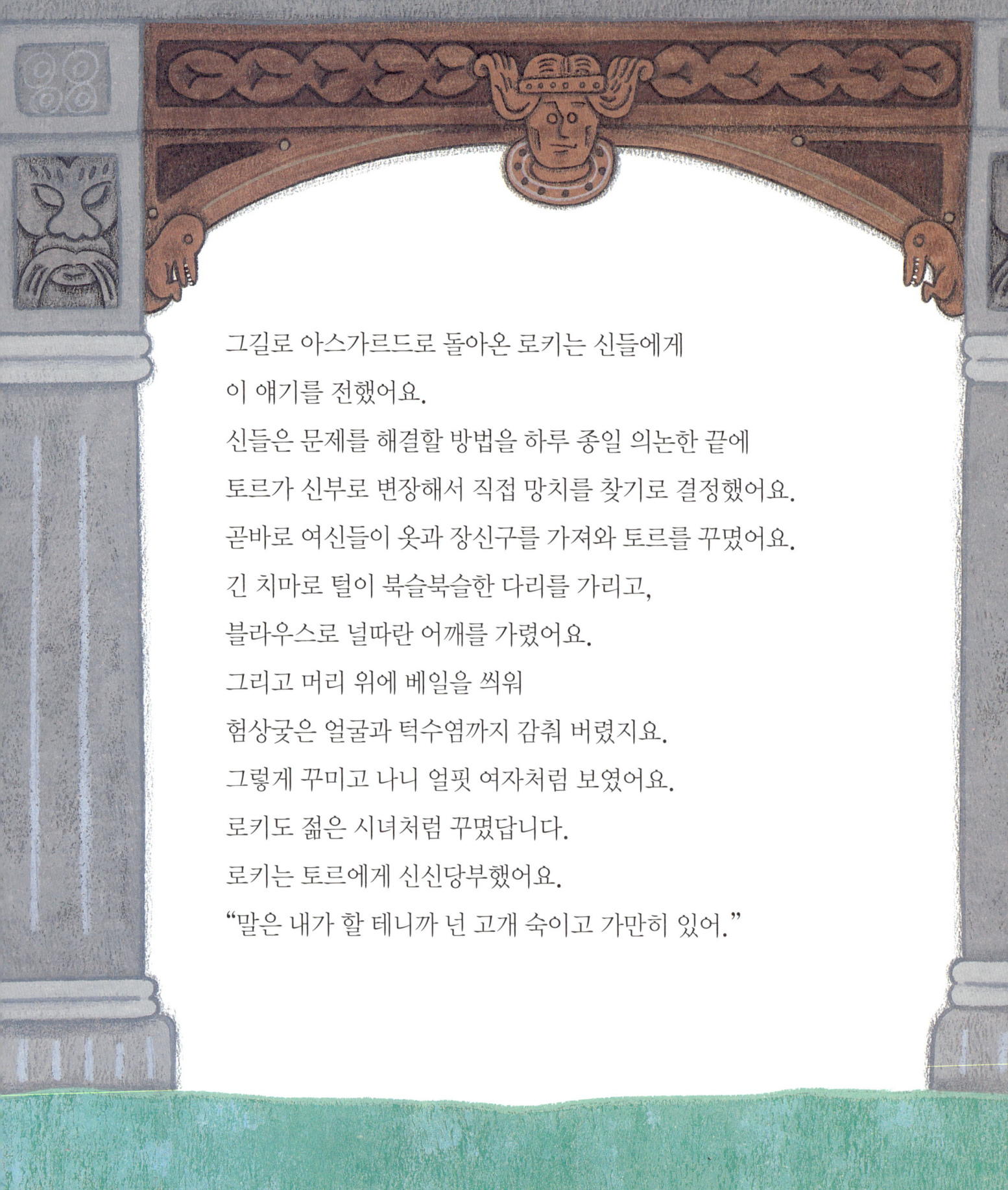

그길로 아스가르드로 돌아온 로키는 신들에게
이 얘기를 전했어요.
신들은 문제를 해결할 방법을 하루 종일 의논한 끝에
토르가 신부로 변장해서 직접 망치를 찾기로 결정했어요.
곧바로 여신들이 옷과 장신구를 가져와 토르를 꾸몄어요.
긴 치마로 털이 북슬북슬한 다리를 가리고,
블라우스로 널따란 어깨를 가렸어요.
그리고 머리 위에 베일을 씌워
험상궂은 얼굴과 턱수염까지 감춰 버렸지요.
그렇게 꾸미고 나니 얼핏 여자처럼 보였어요.
로키도 젊은 시녀처럼 꾸몄답니다.
로키는 토르에게 신신당부했어요.
"말은 내가 할 테니까 넌 고개 숙이고 가만히 있어."

변신을 마친 토르와 로키가 요툰헤임에 도착했어요.
'프레이야가 이렇게 뚱뚱했나?'
스림은 덩치 큰 신부를 보고 살짝 의심이 들긴 했지만
세상에서 가장 아름다운 여신인 프레이야를 신부로
맞이한다는 사실에 마음이 들떠 곧 잊어버렸답니다.
곧 성대한 결혼 연회가 시작되었어요.

식탁 위에 구운 황소와 연어 등
갖가지 음식이 가득 차려졌어요.
스림이 토르에게 음식을 권하려고
돌아보니 이미 토르는 접시를
착착 비우고 있었지요.

로키가 식탁 아래에서 발길질을 하며 말렸지만
토르는 먹느라 정신이 없었어요.
술을 벌컥벌컥 마시더니 트림까지 했지요.
이런 토르를 보고 스림의 눈이 휘둥그레졌어요.
그때 로키가 냉큼 끼어들었어요.
"프레이야 여신께서 결혼 때문에 긴장해서 며칠 동안
굶으셨습니다. 이제 스림 님을 보니 마음이 놓여
다시 드시는 모양입니다."
스림은 다 이해한다며 고개를 끄덕였어요.

식사가 끝나고 드디어 결혼식을 올릴 시간이 되었어요.
그때 로키가 능청스레 말했어요.
"아스가르드에서는 혼인을 서약하는 동안 결혼 선물을
신부의 무릎에 올려 둔답니다. 그래야 행운이 따르거든요."
스림은 아무 의심 없이 토르의 무릎 위에 살며시
묠니르를 올려놨어요.
그리고 기대에 부푼 목소리로 말했지요.
"오, 프레이야. 내 신부가 되어 주겠소?"

그 순간 토르가 무릎에 놓인 묠니르를 집어 들었어요.
그런 다음 얼굴에 쓰고 있던 베일을 벗었지요.
"신부 같은 소리 하네. 이놈 가만두지 않겠어!"
"다, 당신이 정말 프레……."
스림은 끝내 말을 다 마치지도 못하고 묠니르에 맞아
푹 쓰러지고 말았어요.
흥겹고 시끌벅적했던 결혼식장은 순식간에 조용해졌지요.
토르는 갑갑했던 신부 옷을 벗어 던졌어요.
"묠니르도 찾았으니 이제 아스가르드로 돌아갈까?"
토르는 그날 이후 묠니르를 절대
잃어버리지 않았답니다.

이둔과 젊음의 사과

오딘과 로키, 헤니르가 함께 여행을 떠났을 때 일이에요.
한참 동안 길을 걷고 산을 올랐더니 배가 고팠어요.
하지만 먹을 것이 하나도 없었지요.
로키가 재빨리 주변을 둘러보니, 마침 소 떼가
골짜기에서 풀을 뜯고 있는 게 보였어요.
로키는 냉큼 소를 잡고 불을 피워 굽기 시작했어요.
그런데 이상한 일이 생겼어요.
아무리 기다려도 고기가 익지 않는 거예요.
분명 불이 활활 타오르는데 뜨겁지도 않고요.

그때 어디선가 낯선 목소리가 들렸어요.
"그 고기는 절대 익지 않을 거야."
신들이 소리가 난 쪽으로 고개를 돌리니 나무 위에
앉아 있는 커다란 독수리 한 마리가 보였어요.
설마 저 독수리가 말을 한 건가 싶어 의아스러워하는데,
독수리가 여유 만만한 목소리로 이어 말했어요.
"내가 마법을 걸어 두었거든. 고기를 나눠 주면 풀어 줄게."
신들은 배가 너무 고파서 독수리의 말을 따를 수밖에 없었어요.
"좋아, 고기가 익으면 너한테도 줄 테니 불을 피워 줘."

독수리는 곧바로 마법을 부려 모닥불의
온도를 다시 높였어요.
그러자 고기가 지글지글 익으며
맛있는 냄새를 솔솔 풍겼지요.
고기가 익자 독수리가 나무에서 훌쩍 내려오더니
얄밉게도 가장 맛있는 부위만 쏙쏙 골라 먹었어요.
로키는 먹고 싶던 부위를 빼앗긴 게 너무 분해서
창으로 독수리의 옆구리를 푹 찔렀어요.
독수리는 비명을 지르며 날아올랐지요.
그런데 생각지도 못한 일이 벌어졌어요.
로키가 독수리의 옆구리를 찌른 창을 쥔 채
독수리와 함께 공중으로 떠오른 거예요.

로키는 창에서 손을 떼려고 했지만 떼어지지 않았어요.
독수리가 날아오르며 로키를 비웃었어요.
"흐흐, 내가 마법으로 네 손을 창에 철썩 붙여 버렸지."
"놔줘. 제발 놔줘."
로키가 발버둥 치며 애원했어요.
하지만 독수리는 봐줄 생각이 전혀 없었어요.
오히려 땅 가까이 내려와 낮게 날았지요.
그 바람에 로키는 단단한 바위에 몸이 부딪히고,
뾰족한 가시덤불에 찔리고, 차가운 강물에 빠졌어요.

독수리는 한참을 골탕 먹이고 나서야
특별히 봐준다는 듯 말했어요.
"이둔과 '젊음의 사과'를 가져다준다고
약속하면 당장이라도 놓아주지."
이둔은 아스가르드의 아름다운 정원에 살면서
사과나무를 관리하는 여신이에요.

그 나무에는 젊음의 사과가 열렸어요. 젊음의 사과는
한 입만 베어 물어도 젊어지는 마법의 과일이었지요.
신들이 언제나 젊음을 유지하고 죽지 않는 건 바로
이 사과 덕분이었답니다.
다만 사과를 먹고 시간이 지나면 마법이 사라져서
주기적으로 이둔을 찾아가 사과를 먹어야 했어요.
로키는 이둔과 젊음의 사과를 아는 독수리가 수상했어요.
"너 독수리가 아니라 거인이지?"
독수리는 음흉하게 웃으며 순순히 인정했어요.
"맞아, 난 거인 티아치야. 살고 싶으면 내가 시키는 대로 해."
로키가 선뜻 대답하지 못하고 망설이자, 독수리는 씩 웃더니
가시덤불이 무성한 곳으로 다시 날아갔어요.
로키는 공포에 질려 소리를 질렀어요.
"아, 알았어! 네 말대로 할 테니 제발 내려 줘."
그제야 독수리는 로키를 놔주었지요.

로키는 만신창이가 되어 오딘과 헤니르에게 돌아갔어요.
그런데 두 신은 로키가 티아치에게 당한 일을 듣고도
위로는커녕 재밌다는 듯 웃기만 했어요.
게다가 고기는 싹 다 먹고 한 점도 남겨 놓지 않았지요.
로키는 원래 티아치와의 약속을 지킬 생각이 전혀 없었지만,
두 신의 행동을 보고 생각이 달라졌어요.
'당신들도 골탕 좀 먹어 보라고.'
다음 날 로키는 이둔의 정원에 찾아갔어요.
"이둔, 저 멀리에 있는 숲에서 젊음의 사과가 열리는
나무를 봤어. 심지어 네가 키우는 나무보다 크고,
열매도 더 많이 열렸던데?"
이둔은 미심쩍어하는 표정을 지었어요.
"에이, 그럴 리가. 마법의 사과나무는 단 하나뿐이야."

로키가 이둔의 손을 잡아끌었어요.
"그렇게 못 믿겠으면 나랑 같이 가서 확인해 봐.
가는 길에 네 사과도 들고 가서 비교해 보자고."
이둔은 궁금한 마음이 들어 로키를 따라나섰어요.

로키와 함께 도착한 숲에는 나무가 울창했어요.
그러나 사과나무는 한 그루도 보이지 않았어요.
"로키, 네가 말한 나무는 대체 어디 있는 거야?"
그때 갑자기 독수리로 변신한 티아치가 나타나
사과 상자를 든 이둔을 채어 하늘로 날아갔어요.
그로부터 며칠이 지난 뒤, 젊음의 사과를 받으려고 이둔의
정원을 찾아간 신들은 깜짝 놀랐어요.
이둔이 보이지 않고 나무는 완전히 시들어 있었으니까요.
그날 이후 아스가르드는 큰 혼란에 빠졌어요.
젊음의 사과를 먹지 못한 신들이 점점 늙어 갔거든요.
다들 흰머리가 나고, 걸음이 휘청휘청해지고,
귀가 잘 안 들리고, 말을 더듬었지요.

예삿일이 아니라고 생각한 오딘이 신들을 불러 모았어요.
오딘은 유독 젊은 모습의 로키를 주목했어요.
로키는 이둔이 독수리에게 납치당하기 직전에 사과를
먹었기 때문에 아직 젊고 건강해 보였거든요.
오딘은 이 혼란을 일으킨 게 로키라고 확신했어요.
"로키, 네 짓인 것 다 안다. 당장 사실대로 말하거라."
로키가 사실을 털어놓자, 오딘은 매섭게 명령했어요.
"당장 이둔을 데려오거라. 만약 그렇지 않으면
네가 상상도 못 할 가혹한 벌을 내릴 것이다."

로키는 곧바로 매로 변신하여 티아치의 집으로 날아갔어요.
다행히 티아치는 외출하고 이둔 혼자 있었지요.
로키는 이둔을 호두로 변신시켜 발로 움켜쥔 뒤 도망쳤어요.
그런데 집으로 돌아오던 티아치가 이 광경을 보고 만 거예요.
"훗, 네가 매로 변한 로키인 걸 모를 줄 알고?"
티아치는 독수리로 변신해 황급히 매를 쫓아갔어요.
독수리는 속도가 빨라서 곧 매를 따라잡을 것 같았지요.

오딘이 이를 보고 다급히 명령을 내렸어요.
"당장 성벽 근처에 장작을 높이 쌓거라."
신들이 장작을 쌓자마자 로키가 성벽 안으로 들어왔어요.
그 순간 신들이 장작더미에 불을 붙였지요.
불은 순식간에 활활 타올랐고, 바로 그때 티아치가 성벽을
넘어 날아들었어요.
그는 빨갛게 타오르는 불길을 봤지만 속도를 줄이지 못했어요.
결국 불길이 날개에 붙어 온몸이 타고 말았지요.
무사히 돌아온 이둔은 신들에게 젊음의 사과를 나눠 줬고,
신들은 다시 활력 넘치는 모습으로 돌아왔답니다.

발을 보고 신랑감을 고른 스카디

젊음의 사과를 탐내다가 죽은 티아치에게는
스카디라는 딸이 하나 있었어요.
스카디는 며칠째 집에 오지 않는 아버지를
눈 빠지게 기다리고 있었지요.
"아무래도 아버지가 신들에게 죽임을 당한 것 같아.
만약 그런 일이 벌어졌다면 절대 용서치 않겠어."
스카디는 복수를 다짐하며 아스가르드로 찾아갔어요.

"내 아버지를 죽인 자들에게 복수하러 왔다!"
궁전으로 쳐들어간 스카디는 오딘을 만나자마자
그의 목에 검을 겨누며 매섭게 노려봤어요.
하지만 오딘은 당황한 기색 없이 스카디가
겨눈 검을 손으로 쥐고 점잖게 말했어요.
"복수하고 싶은 마음은 이해하지만, 난 너와 싸우고 싶지
않구나. 어떻게 하면 네 마음이 풀리겠느냐."

스카디는 오딘의 말에 흔들리지 않고 단호하게 대답했어요.
"아버지를 살려 내십시오. 내가 원하는 건 그것뿐입니다."
오딘이 안타까운 표정으로 고개를 저었어요.
"너희 아버지를 살려 내는 것만 아니면 뭐든 들어주마."
스카디는 잠시 생각에 잠기더니 조심스레 말했어요.
"아버지의 빈자리를 채워 줄 수 있는 남편이 있으면 좋겠습니다."
그때 오딘은 스카디의 눈이 자신의 아들 발드르에게 가 있는 것을 보았어요.
발드르는 신 중에서도 가장 잘생긴 신이었지요.

스카디의 마음을 눈치챈 오딘이 말했어요.
"좋다, 네가 직접 신들 중에 신랑감을 고르거라.
대신 상대방의 발만 보고 골라야 한다."
스카디는 흔쾌히 고개를 끄덕였어요.
그녀는 발드르를 쉽게 고를 자신이 있었어요.
저렇게 잘생긴 신이라면 당연히 발도 잘생겼을 거라
생각했거든요.

이윽고 신들이 기다란 천 뒤에 한 줄로 늘어섰어요.
얼굴과 몸은 모두 가리고 천 아래로 발만 보였지요.
스카디는 천 앞으로 지나가면서 발을 하나씩 살펴봤어요.
그리고 그중에서 가장 모양이 예쁘고 깨끗한 발을 골랐지요.
"이 신과 결혼하겠습니다."
스카디의 결정에 오딘이 묘한 미소를 지었어요.
"아주 탁월한 선택이구나."

그 말과 함께 신들을 가린 천이 거둬지고
발의 주인공이 모습을 드러냈어요.
그 순간 스카디의 얼굴이 당혹감으로 가득 찼어요.
발의 주인공은 발드르가 아니었거든요.
프레이와 프레이야의 아버지인 뇨르드였지요.
스카디의 실망은 이루 말할 수 없었어요.
하지만 신과 한 약속이라 받아들일 수밖에 없었답니다.
그때 오딘이 스카디에게 손바닥을 펴 보였어요.

손안에는 빛나는 구슬 같은 티아치의 두 눈이 있었어요.
오딘은 티아치의 두 눈을 하늘 높이 던져 올렸어요.
두 눈은 밤하늘에 영롱하게 반짝이는 두 개의 별이 되었지요.
"스카디, 이제부터 네 아버지의 눈은 하늘 위에서 항상 너를
지켜볼 것이다. 언제나 딸이 행복하기를 바라면서 말이다."
스카디의 눈에서 굵은 눈물방울이 뚝뚝 떨어졌어요.
아버지의 죽음에 얽힌 원통함과 슬픔이
모두 씻겨 내려간 순간이었어요.

이후 스카디는 뇨르드와 결혼식을 올리고
겨울과 스키의 여신이 되었어요.
다행히 뇨르드는 생각이 깊고 자상한 남편이었어요.
그러나 한 가지 큰 문제가 있었어요.
서로 태어나서 자란 곳이 너무 달랐던 거예요.
뇨르드는 바닷가에서 나고 자라서 눈으로 뒤덮인
높은 산이 싫었어요. 반면 스카디는 산에서 나고 자라서
습하고 모래가 밟히는 바다가 싫었지요.
둘은 의논 끝에 바다와 산을 오가며 살기로 했답니다.

사랑을 위해 마법 검을 포기한 프레이

뇨르드의 아들인 프레이는 밭을 비옥하게 하고
생명을 틔우는 풍요의 신이에요.
힘이든 생김새든 무엇 하나 빠지지 않는 신이랍니다.
어느 날, 프레이는 오딘이 사는 성에 방문했다가
평소라면 절대 하지 않았을 충동적인 행동을 하고 말았어요.
바로 아홉 개의 세계를 한눈에 볼 수 있는 오딘의
왕좌에 앉은 거예요.
"아주 잠깐만 앉았다가 일어날 거니까 괜찮겠지?"
프레이는 왕좌에 앉자마자 눈이 휘둥그레졌어요.

불과 얼음의 땅부터 난쟁이들과
요정들이 사는 세계까지
모두 속속들이 보였거든요.
그는 벌어진 입을 다물지 못하고 세상 구경에 빠져들었답니다.
그러다가 거인들의 세계인 요툰헤임의 어느 저택에서 나오는
한 여인을 보고 시선이 딱 멈췄어요.
"아! 저토록 아름다울 수 있다니!"
그녀는 기미르라는 거인의 딸 게르드였어요.
프레이는 그녀를 본 순간 바로 사랑에
빠져 버렸답니다.

그날 이후 프레이는 방에 박혀 꼼짝도 안 했어요.
먹지도 자지도 않고 오직 게르드만 생각했지요.
풍요의 신으로서 해야 할 일까지 내팽개쳤어요.
세상에 햇빛을 비추지 않고 비도 내리지 않으니
곡식들이 누렇게 변하며 시들어 갔어요.
이에 걱정이 된 뇨르드가 빛의 정령이자 충직한
하인인 스키르니르를 불렀어요.
"프레이가 너무 우울해 보이는구나. 네가 가서
무슨 고민이 있는지 알아보거라."

스키르니르는 프레이를 찾아가 조심스레 물었어요.
"프레이 님, 무슨 일로 이렇게 괴로워하시는 겁니까?"
프레이는 머뭇거리다 속이야기를 모두 털어놨어요.
게르드에게 한눈에 반해서 마음을 빼앗겼다고요.
그러면서 스키르니르에게 부탁했어요.
"네가 게르드에게 찾아가서 내 마음을 전하고 청혼을 해다오.
그녀가 허락해 준다면 네가 바라는 걸 뭐든 들어주마."
스키르니르는 잠시 주저하다가 말했어요.
"알겠습니다. 대신 제가 이 일을 해낸다면
프레이 님의 검을 주십시오."

프레이의 검은 아주 특별한 능력을 지녔어요.
손에 쥐지 않아도 스스로 적을 물리치는 마법의 검이었지요.
프레이는 이 검을 무엇보다 아꼈지만 게르드의 사랑을
얻기 위해서라면 기꺼이 줄 수 있었어요.
프레이는 길고 위험한 여행을 떠날 스키르니르를 위해
검과 함께, 불을 뛰어넘을 수 있는 말도 내주었어요.
스키르니르는 곧장 요툰헤임으로 향했답니다.

한참을 달려 도착한 게르드의 저택은 활활 타오르는
마법의 불꽃이 벽처럼 둘러싸고 있었어요.
불꽃을 넘다가 자칫하면 잿더미가 될 판이었지요.
다행히 스키르니르는 프레이의 말로 불꽃 벽을 가뿐하게
뛰어넘고 사납게 짖어 대는 개들을 피해 안으로 들어갔어요.
마침 게르드가 모습을 드러냈어요.
"불꽃 벽까지 넘어서 나를 만나러 온 이유가 뭔가요?"

"저는 프레이 님의 명으로 왔습니다. 프레이 님은 햇빛과 비, 날씨를 다스리며, 인간들에게 풍요로운 농작물을 선사하는 신입니다. 그분이 당신을 보고 사랑에 빠져 결혼하고 싶어 하십니다."

스키르니르는 프레이가 게르드를 사랑하는 마음이 얼마나 깊고 절실한지도 말해 주었어요.

게르드는 한참을 고민하더니 결심한 표정으로 말했어요.

"좋습니다. 아홉 밤 뒤에 바리섬에서 만나 결혼식을 올리겠다고 전해 주세요."

스키르니르는 가벼운 마음으로 아스가르드에 돌아갔지요.

드디어 9일이 지나 프레이와 게르드가 바리섬에서 만났어요.
프레이는 게르드에게 자신의 진심을 고백했어요.
"게르드, 그대의 곁에 있게 해 줘서 고마워요.
그대에게 나를 사랑해 달라고 재촉하지 않겠습니다.
내 사랑을 주는 것만으로도 충분히 행복하니까요."
게르드는 프레이의 말에 눈시울이 뜨거워졌어요.
두 사람은 따사로운 햇살 속에서 결혼식을 올렸답니다.
프레이는 스키르니르에게 보답으로 검을 선물했어요.
훗날 이 검을 넘긴 대가로 후회할 일이 생긴다는 것은
전혀 알지 못한 채 말입니다.

우트가르드에 가는 길에 만난 거인 스크리미르

아스가르드에 평화로운 날들이 이어졌어요.
성벽은 튼튼했고, 쳐들어오는 거인도 없었지요.
싸울 일이 일어나지 않자 몸이 근질근질했던
토르와 로키는 염소 두 마리가 끄는 전차를 타고
거인들의 요새인 우트가르드로 떠나기로 했어요.
해가 질 무렵, 전차가 황무지에 있는 작은 집 앞을
지나가다 멈추었어요.

두 신은 전차에서 내려 그 집의 문을 두드렸어요.
"하룻밤 묵을 방과 먹을 것을 부탁하오."
문을 열어 준 농부는 두 신을 보고 깜짝 놀랐어요.
"저희 집에는 이런 귀한 손님들께 대접할 만한 게 없습니다.
채소만 조금 있을 뿐인데 괜찮겠습니까?"
그러자 토르는 전차를 끌고 온 염소 두 마리를 잡아
손질한 뒤, 고기를 냄비에 넣었어요.
농부의 딸과 아내가 고기에 채소를 더해 스튜를 끓였지요.
이 모습을 유심히 보던 로키가 의미심장한 미소를 띠며
농부의 아들 티알피에게 귓속말을 했어요.
"토르처럼 강해지고 싶으면 염소의 골수를 꼭 먹으렴."

그사이 스튜가 맛있는 냄새를 풍기며 완성되었어요.
토르는 염소 한 마리는 자신의 몫으로 두고,
나머지 한 마리를 로키와 농부 가족에게 주었어요.
그러고는 땅에 염소 가죽 두 장을 깔아 놓고 당부했지요.
"고기를 먹고 발라낸 뼈는 이 염소 가죽 위에 던지게.
절대 뼈를 부러뜨리거나 씹어서는 안 돼."
모두 토르의 당부대로 뼈를 발라 가죽 위에 던졌어요.
그런데 토르가 잠시 자리를 비운 사이, 티알피가
염소 다리 하나를 쪼개어 안에 든 골수를 먹고 말았어요.

날이 밝자 토르는 전날 먹고 버린 뼈들을 염소 가죽으로 덮은 다음, 묠니르를 높이 들고 외쳤어요.
"원래의 모습으로 돌아오거라!"
그 순간 번개가 한 번 내려치더니 염소들이 되살아났어요.
그러나 한 마리가 번쩍 일어나 풀을 뜯으러 간 것과 달리, 다른 한 마리는 비틀거리며 일어나더니 절름절름 걸었어요.
토르는 농부 가족을 매섭게 바라봤어요.
"염소의 뒷다리가 부러졌다. 분명 너희 중 누군가가 내 말을 어기고 염소 뼈를 상하게 한 거야!"
불같이 화를 내는 토르를 보며 로키는 티 나지 않게 웃었어요.

토르는 묠니르를 들어 올렸어요.
"날 배신했으니 이 집을 다 부숴 버리겠다!"
농부 가족은 어찌할 바를 모르고 벌벌 떨었어요.
그때 티알피가 나섰어요.
"제가 그랬어요. 그러니 다른 가족들은 해치지 마세요. 대신 제가 당신의 하인이 되어 평생 모시겠습니다."
토르는 잠시 생각에 잠겼다가 말했어요.
"좋다, 우리와 함께 우트가르드로 가자."

토르, 로키, 티알피는 우트가르드를 향해 걸어갔어요.
어느덧 해가 지려고 하자 다시 밤을 지낼 장소를 찾았지요.
다행히 얼마 안 가, 로키가 빈집 하나를 발견했어요.
큰방 하나에 길쭉한 작은방이 딸려 있는 집이었어요.
출입구에 문도 안 달리고 창문도 없는 것이
마치 거대한 동굴 같았답니다.
일행은 불을 피우고 잠이 들었어요.
그런데 갑자기 지진이 난 것처럼 땅이 마구 흔들리더니
사납게 울부짖는 소리가 들리는 게 아니겠어요?
잠에서 깬 토르는 밤새 묠니르를 쥐고 입구를 지켰지요.

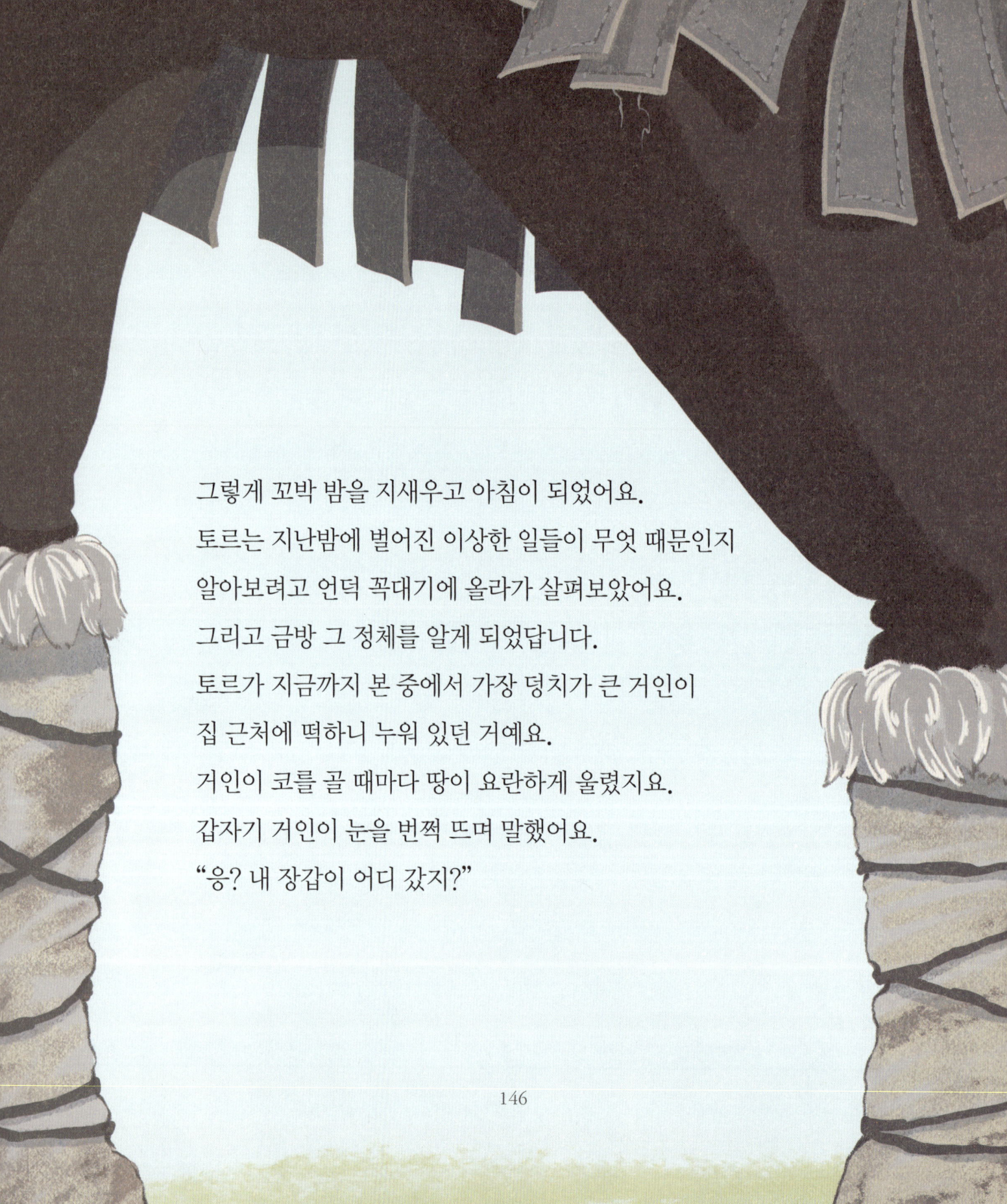

그렇게 꼬박 밤을 지새우고 아침이 되었어요.
토르는 지난밤에 벌어진 이상한 일들이 무엇 때문인지
알아보려고 언덕 꼭대기에 올라가 살펴보았어요.
그리고 금방 그 정체를 알게 되었답니다.
토르가 지금까지 본 중에서 가장 덩치가 큰 거인이
집 근처에 떡하니 누워 있던 거예요.
거인이 코를 골 때마다 땅이 요란하게 울렸지요.
갑자기 거인이 눈을 번쩍 뜨며 말했어요.
"응? 내 장갑이 어디 갔지?"

거인은 주변을 두리번두리번하더니 손을 뻗어
장갑 한 짝을 집어 들었어요.
그 바람에 안에 있던 로키와 티알피가 굴러떨어졌지요.
토르 일행이 잠들었던 집은 거인의 장갑이었던 거예요.
그제야 토르 일행을 발견한 거인이 말했어요.
"나는 스크리미르라고 하네. 여행 가던 길인 거 같은데
나와 함께 가지 않겠나?"
이에 토르 일행이 고개를 끄덕였어요.
"좋소, 같이 갑시다."

일행은 여행을 떠나기 전에 배를 채웠어요.
남은 식량은 거인의 주머니에 넣고 길을 떠났지요.
해가 지자 거인은 저녁도 안 먹고 일찌감치 잠들어 버렸어요.
토르 일행은 저녁을 먹기 위해 거인의 주머니에 달린 끈을
잡아당겼어요.

그런데 무슨 수를 써도 끈이 풀리지 않는 거예요.
"별수 없군. 거인을 깨워서 풀어야겠어."
토르는 코를 골며 자는 거인의 머리 위로 올라가 묠니르로
이마를 내리쳤어요.
"나뭇잎이 떨어졌나?"
거인은 한쪽 눈을 슬쩍 뜨는 것 같더니, 금세 다시 잠들었어요.
이를 보고 약이 잔뜩 오른 토르가 묠니르를 쥐고 온 힘을 다해
거인의 관자놀이를 쳤어요.
그제야 거인이 하품을 하며 일어났어요.
"새 둥지가 떨어졌나? 아니면 나뭇가지가 떨어졌나?"
거인이 토르를 보며 말했어요.
"실컷 잤으니 다시 여행을 떠나야겠어. 자네들은
우트가르드로 간다고 했으니 여기서 이만 헤어져야겠군.
그곳에 사는 거인들은 만만치 않다고 하니 조심하게."
거인은 이 말을 남기고 홀로 떠났어요.

거인 왕과
토르 일행의 대결

거인과 헤어진 토르 일행은 동쪽으로 걷고 또 걸어
마침내 우트가르드에 도착했어요.
그곳은 얼음으로 만든 성벽으로 둘러싸여 있었지요.
성안으로 들어가니 가장 높은 자리에 거인들의 왕인
우트가르달로키가 앉아 있었어요.
거인 왕은 토르 일행을 두 팔을 벌려 환영해 주었어요.

"우트가르드에 온 걸 환영하네. 이곳은 비범한 이들이 살기 좋은 곳이오. 혹시 자네들 중에도 특별한 재주를 가진 자가 있나?"

그 말에 로키가 앞으로 나섰어요.

"나는 모든 이들이 깜짝 놀랄 만큼 음식을 빨리 먹는 재주가 있소."

"아주 흥미로운 재주로군. 그럼 내 하인 로기와 먹기 시합을 해 보겠나?"

거인 왕의 제안에 로키가 고개를 끄덕였어요. 그러자 하인들이 나무로 만든 기다란 통을 가져왔어요.

그 안에는 거위, 소, 양, 토끼, 염소, 사슴 등 갖가지
고기구이가 가득 담겨 있었어요.
나무통 양 끝에 선 로키와 로기는 거인 왕이 시작을 외치자,
곧장 정신없이 고기를 먹기 시작했어요.
둘 다 얼마나 빠른 속도로 먹는지, 얼마 지나지 않아
나무통 가운데에서 만났답니다.
거인 왕이 나무통을 쓱 훑어보더니 결과를 말했어요.
"이 대결은 로기가 이겼소."
로키는 패배를 인정해야만 했어요.
자신은 고기의 살만 쏙 발라 먹었지만 로기는 고기뿐 아니라
뼈다귀와 나무통까지 전부 먹어 치웠거든요.

이번에는 거인 왕이 티알피를 보며 물었어요.
"어려 보이는 친구, 자네는 무얼 할 줄 알지?"
"저는 들판을 가로지르는 치타보다 빠르게 달릴 수 있습니다."
거인 왕이 흥미롭다는 듯 웃었어요.
"오호! 그럼 자네와 체격이 비슷한 후기와
달리기로 겨뤄 보게."
후기는 거인 어린이였어요.
티알피와 후기는 성 밖에 있는
경주로에 나란히 섰어요.

"출발!"

둘은 신호가 떨어지자마자 달리기를 시작했어요.

티알피는 아주 빠른 속도로 달렸어요.

그러나 티알피가 절반 지점에도 도착하지 못했을 때

이미 승부가 결정 나 버렸답니다.

후기는 그때 결승선에 도착해 있었거든요.

달리기 시합의 승자는 후기였지요.

이제 토르의 차례가 되었어요.

거인 왕이 물었어요.
"자네는 무엇을 특별히 잘하는가?"
토르는 자신 있게 대답했어요.
"술 잘 마시기로는 날 따라올 자가 없지. 아무리 큰 술통이라도 남김없이 다 마실 수 있다오."
거인 왕은 하인을 불러 뿔잔을 가져오게 했어요.
그 잔은 여태 본 뿔잔 가운데 가장 길었어요.
토르는 술이 가득 담긴 뿔잔을 들고 마시기 시작했어요.

술이 목구멍으로 술술 들어갔지요.
토르는 이쯤이면 다 먹었겠다 싶어 술잔에서 입을 뗐어요.
그런데 이게 웬일인가요?
뿔잔의 술이 거의 줄어들지 않은 거예요.
토르는 자존심이 무척 상했지요.
그 모습을 본 거인 왕이 다른 종목을 제안했어요.
"술 마시기는 실패요. 대신 당신의 힘을 보여 주지 않겠소?"

그 말에 토르는 다시 자신만만한 얼굴이 되었어요.
"좋소, 힘으로는 져 본 적이 없으니까."
그러자 거인 왕이 고양이 하나를 가리켰어요.
"그럼 저 고양이를 들어 보시오."
토르는 어이가 없었어요.
고양이의 덩치가 크기는 했지만 설마 못 들까 싶었지요.
토르는 고양이의 배 아래로 두 팔을 넣어 들어 올렸어요.
그런데 아무리 힘을 써도 고양이는 꼼짝도 하지 않았어요.
간신히 고양이의 발 하나만 들 수 있을 뿐이었지요.
옆에서 지켜보던 다른 거인들이 킥킥거리며 비웃었어요.

토르는 뿔잔을 못 비웠을 때보다 더 자존심이 상했어요.
그래서 이번에는 먼저 시합을 제안했지요.
"씨름 시합을 해 봅시다. 누가 나오든 다 상대해 줄 테니!"
거인 왕이 약간 약 올리듯 말했어요.
"누가 고양이도 들어 올리지 못하는 이와 겨루겠나.
정 하고 싶으면 내 늙은 유모 엘리와 해 보든가."
토르는 기가 막혔어요.

"늙은 유모? 장난해?"
"늙었다고 우습게 보면 안 되네. 엘리는 힘으로는
웬만한 남자에게 밀리지 않거든."
이윽고 엘리가 불려 왔어요.
그녀는 주름이 주글주글하고 깡마른 노인이었어요.
토르는 엘리를 잡고 발을 걸어 넘어뜨리려고 했어요.
그러나 엘리는 바위처럼 꿈쩍도 하지 않았답니다.
"헉! 이럴 수가!"

엘리는 토르가 당황하는 순간을 놓치지 않았어요.
토르의 몸통을 잽싸게 잡아채 힘껏 밀었지요.
토르는 온 힘을 다해 버텼지만 무릎이 꺾이고 말았어요.
결국 마지막 시합마저 지고 만 거예요.
다음 날, 토르 일행은 어두운 표정으로 우트가르드를 나섰어요.
배웅을 나온 거인 왕이 토르 일행을 보고 말했어요.
"사실 내가 자네들을 속였어. 스크리미르가 바로 나였다네."

토르 일행은 모두 깜짝 놀라 거인 왕을 바라봤어요.
"우트가르드로 오는 길에 만났던 그 거인?"
거인 왕이 고개를 끄덕였어요.
"그렇다네. 내가 마법을 부려 생김새를 바꿨지. 자네들이 식량 주머니의 끈을 못 푼 건 내가 절대 부러지지 않는 철선으로 묶어 두어서라네."

토르가 계속 미심쩍게 생각하던 걸 물었어요.
"그럼 내가 자네를 깨우려고 묠니르로 때렸을 때 끄떡도 안 했던 것도 다 마법 때문인가?"
"그래, 망치와 머리 사이를 언덕으로 막았거든. 저쪽 언덕에 골짜기 보이지? 자네가 그때 묠니르로 내려치면서 생긴 거야."
로키가 끼어들어 물었어요.
"혹시 어제 내가 먹기 대결에서 진 것도?"
거인 왕이 솔직하게 인정했어요.
"맞아, 자네와 먹기 시합을 벌인 건 불이었네. 그래서 고기는 물론 나무통과 뼈까지 다 삼켜 버린 거지."
이번에는 티알피가 물었어요.
"그럼 저와 달리기 시합을 한 상대는 누구였나요?"
"그건 생각이었네. 어떤 행동을 하든 항상 생각이 앞질러 가지 않나. 자네가 지는 게 당연했네."
거인 왕은 이번 대결로 가장 자존심이 많이 상한 토르를 바라봤어요.

"토르, 자네가 마신 술은 바닷물이었어.
뿔잔의 끝이 바다와 이어져 있었지.
당신 때문에 바닷물이 많이 줄어들었다네.
그리고 아까 그 고양이는 인간 세계를
에워싸고 있는 요르문간드라는 뱀일세.
그 거대한 뱀을 들다니 정말 대단하군.
또 자네가 씨름했던 늙은 유모는 세월이라네.
세월에 맞서 이길 수 있는 자가 어디 있겠나."

화가 난 토르가 씩씩대며 물었어요.
"대체 우리에게 왜 그런 짓을 한 거요?"
거인 왕이 대답했어요.
"우트가르드를 지키기 위해서지. 당신들이 또 이곳에
온다면 나는 그때도 마법을 써서 물리칠 걸세."
토르는 거인 왕을 혼내려고 묠니르를 꺼냈어요.
그 순간 거인 왕 우트가르달로키의 모습이 사라지고,
우트가르드의 성도 감쪽같이 자취를 감추었어요.

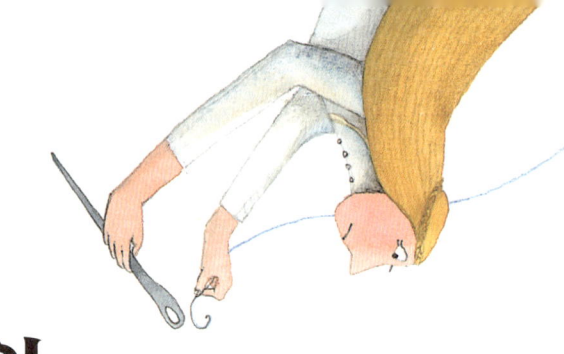

괴물 삼 남매와 손이 잘린 티르

로키에게는 시긴이라는 아내가 있었어요.
그녀와의 사이에서 나르피와 발리라는 아들을 낳았지요.
그리고 앙그르보다라는 여자 거인을 사귀어
세 명의 자식을 더 낳았답니다.
세 아이는 몸서리치게 징그럽고 무섭게 생겼어요.
첫째는 펜리르라는 이름을 가진 늑대였어요.
둘째는 요르문간드라는 이름을 가진 뱀이었지요.
셋째인 헬은 몸의 반은 아름다운 여자이고,
나머지 반은 썩어 가는 시체였답니다.
한마디로 삼 남매는 괴물이었습니다.

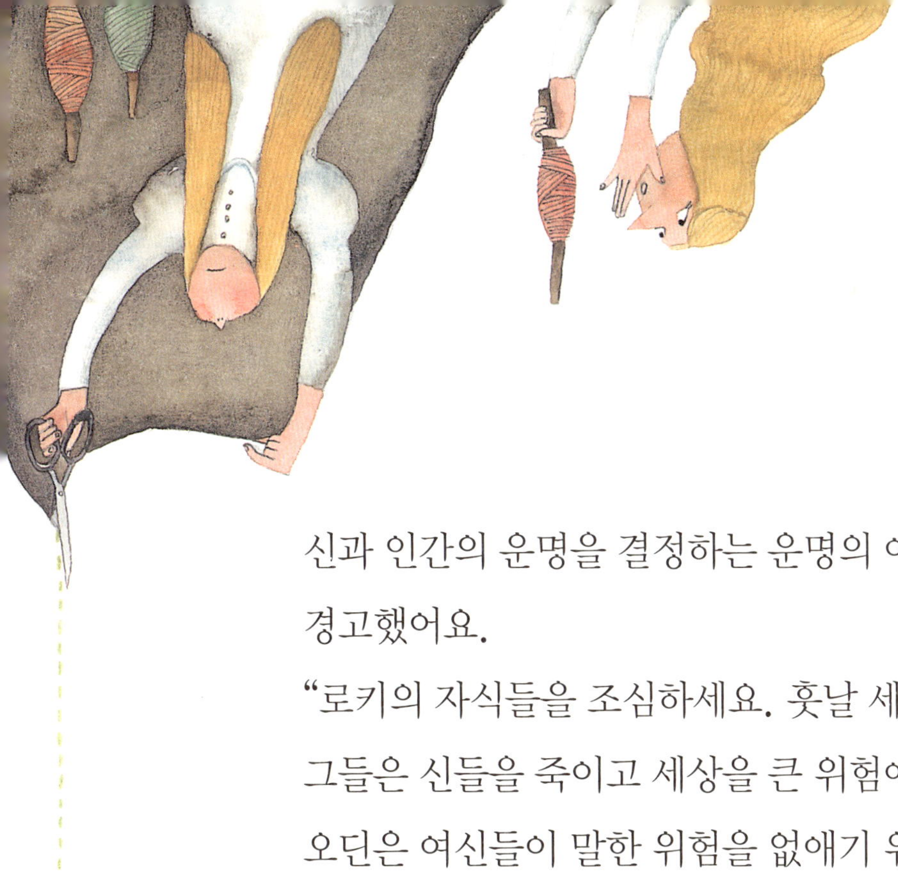

신과 인간의 운명을 결정하는 운명의 여신들이 오딘에게
경고했어요.
"로키의 자식들을 조심하세요. 훗날 세상에 종말이 닥치면
그들은 신들을 죽이고 세상을 큰 위험에 빠뜨릴 거예요."
오딘은 여신들이 말한 위험을 없애기 위해 신들을 시켜
로키의 자식들을 처리하도록 했어요.

먼저 뱀 요르문간드를 미드가르드의 깊은
바닷속에 풀어놓았어요.
요르문간드는 바닷물에 닿자 몸이 무럭무럭 자라
인간들의 땅을 둘러쌀 만큼 거대해졌답니다.
그다음으로 헬을 어두운 지하 세계로 보내
그곳에 사는 죽은 자들을 다스리도록 했어요.
원래 그곳에 있던 죽은 자들 가운데
전쟁터에서 용맹하게 싸우다가 죽은 영웅들은
오딘의 궁전인 발할라로 옮겼지요.

마지막으로 늑대 펜리르는 아스가르드에서
그대로 지내게 했어요.
몸집이 작아 위험하지 않다고 생각했거든요.
그러나 얼마 지나지 않아 펜리르는 엄청난 속도로
자라나 덩치가 어마어마하게 커졌어요.
긴 송곳니와 날카로운 발톱, 으르렁대는 소리는
신들을 꽤나 두렵게 만들었지요.
오딘은 신들에게 펜리르를 묶어 두라고 시켰지만,
누구도 펜리르에게 다가가려 하지 않았어요.

"어쩔 수 없이 내가 나서야겠군."
결국 오딘이 직접 굵고 무거운 쇠사슬로 펜리르를 묶었어요.
펜리르는 의외로 고분고분 묶였지만, 등을 한 번 구부렸다
펴는 것으로 아주 간단하게 쇠사슬을 산산조각 냈답니다.
얼마든지 더 묶어 보라는 듯 미소 짓는 펜리르를 보며
오딘은 깊은 고민에 빠졌어요.
'쇠사슬을 몇 겹으로 묶어도 소용없겠어.
　　　다른 방법이 필요해.'

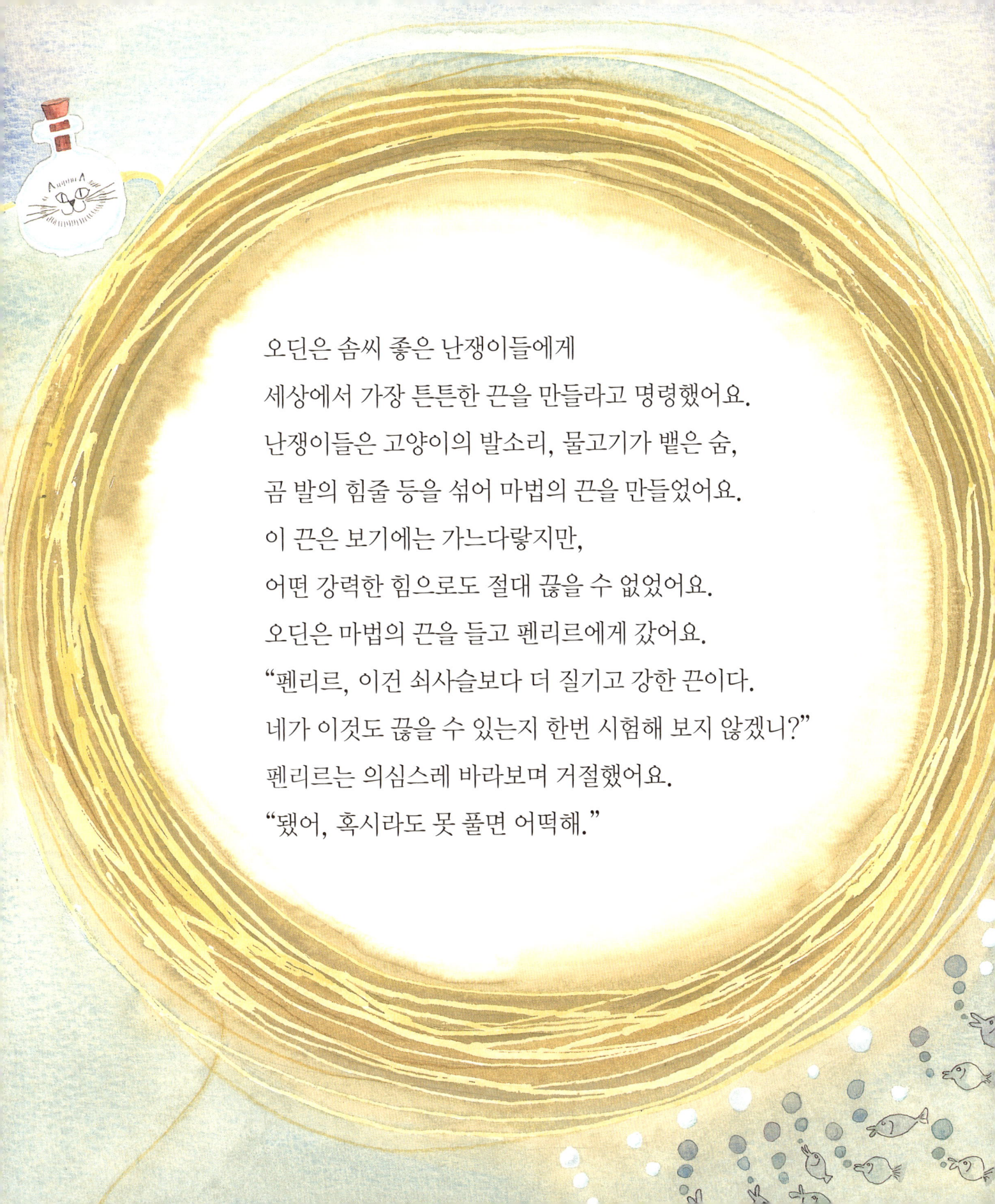

오딘은 솜씨 좋은 난쟁이들에게
세상에서 가장 튼튼한 끈을 만들라고 명령했어요.
난쟁이들은 고양이의 발소리, 물고기가 뱉은 숨,
곰 발의 힘줄 등을 섞어 마법의 끈을 만들었어요.
이 끈은 보기에는 가느다랗지만,
어떤 강력한 힘으로도 절대 끊을 수 없었어요.
오딘은 마법의 끈을 들고 펜리르에게 갔어요.
"펜리르, 이건 쇠사슬보다 더 질기고 강한 끈이다.
네가 이것도 끊을 수 있는지 한번 시험해 보지 않겠니?"
펜리르는 의심스레 바라보며 거절했어요.
"됐어, 혹시라도 못 풀면 어떡해."

오딘은 의심으로 가득한 펜리르를 살살 달래며 자극했어요.
"천하의 펜리르가 이깟 가는 끈에 겁먹은 건가?
우린 네 힘이 얼마나 센지 궁금하단다.
만약 네가 못 끊으면 우리가 풀어 줄 테니 염려 말고."
펜리르는 조건을 내걸었어요.
"좋아. 대신 묶여 있는 동안 누가 내 입에
손을 넣고 있어야 해."
만약 오딘이 끈을 풀어 주지 않으면 손을
꽉 물어 버릴 생각이었지요.

오딘은 뒤에서 지켜보던 신들을 바라봤어요.
신들은 눈치만 살필 뿐 아무도 나서려 하지 않았어요.
그때 오딘의 아들 티르가 앞으로 나섰어요.
"제가 손을 넣겠습니다."
티르는 아무 망설임 없이 펜리르의 입안으로
주먹을 깊숙이 집어넣었어요.
그제서야 펜리르는 안심하고 마법의 끈에 묶였지요.

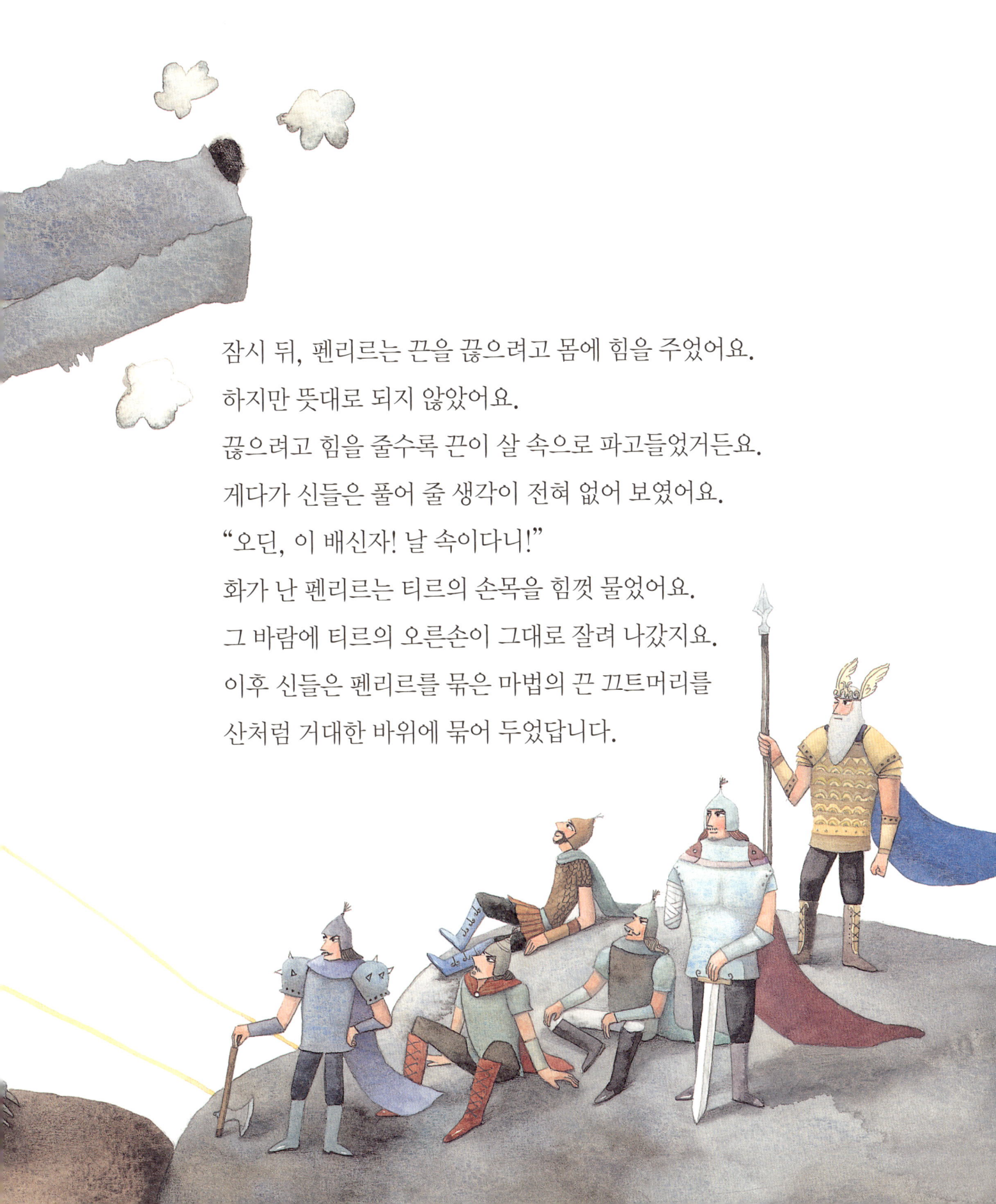

잠시 뒤, 펜리르는 끈을 끊으려고 몸에 힘을 주었어요.
하지만 뜻대로 되지 않았어요.
끊으려고 힘을 줄수록 끈이 살 속으로 파고들었거든요.
게다가 신들은 풀어 줄 생각이 전혀 없어 보였어요.
"오딘, 이 배신자! 날 속이다니!"
화가 난 펜리르는 티르의 손목을 힘껏 물었어요.
그 바람에 티르의 오른손이 그대로 잘려 나갔지요.
이후 신들은 펜리르를 묶은 마법의 끈 끄트머리를
산처럼 거대한 바위에 묶어 두었답니다.

이렇게 신들은 로키의 자식 셋을 모두 꽁꽁 가두었어요.
그러나 완전히 안심할 수는 없었어요.
운명의 여신들이 경고한 것처럼 이들은 언젠가
세상에 종말이 찾아오는 날, 다시 모습을 드러낼 테니까요.

발드르가 꾼 불길한 꿈

발드르는 오딘과 여신 프리그 사이에서 태어난 아들로,
아스가르드의 신들 가운데 가장 완벽한 신으로 꼽혀요.
온몸에서 빛이 뿜어 나오는 것 같은 수려한 외모에
마음씨도 착하고 말솜씨까지 기막혔거든요.
모든 신들이 발드르를 사랑하고 존경해 마지않았답니다.
그런데 발드르는 언젠가부터 아주 무서운 꿈에 시달렸어요.
어느 날은 세상이 끝나는 꿈을 꾸었고,
어느 날은 늑대가 태양과 달을 집어삼키는 꿈을 꾸었고,
어느 날은 암흑 속에 갇히는 꿈을 꾸기도 했지요.
발드르는 악몽을 꾸는 밤이 계속되자 매일매일이 괴로웠어요.

오딘은 아들이 악몽에 시달리는 이유를 알아내기 위해
방랑자로 변장하고 머나먼 길을 떠났어요.
그는 세상의 끝에 있는 무덤에서 한 여인과 만났어요.
얼굴이 그림자에 가려진 여인이 오딘에게 말했어요.
"죽은 자들의 세계에서 발드르를 맞이할 준비를 하고 있어요.
곧 그곳에서 발드르를 위한 노래가 울려 퍼질 거예요."
그건 곧 발드르가 죽을 거라는 말이었어요.

오딘은 아스가르드로 돌아오자마자 아내 프리그에게
발드르에 관해 들은 얘기를 털어놓았어요.
"발드르가 곧 죽을 운명이라고 하더군.
우리의 소중한 아들을 지킬 방법을 찾아야 하오."
프리그는 어떻게 하면 아들을 살려 낼지 고민하다가
한 가지 방법을 찾아냈어요.
그것은 바로 이 세상에 있는 모든 것들로부터
발드르를 해치지 않겠다는 맹세를 받는 것이었어요.

그녀가 불에게 부탁하자 불은 이렇게 맹세했어요.
"절대 발드르를 태우지 않겠습니다."
그녀가 물에게 부탁하자 물은 이렇게 맹세했어요.
"절대 발드르를 빠뜨리지 않겠습니다."

그렇게 불, 물, 쇠, 바위, 나무, 바람은 물론이고,
크고 작은 동식물부터 난쟁이, 거인, 인간에 이르기까지
모두에게 발드르를 해하지 않겠다는 약속을 받아 냈지요.
뿐만 아니라 모든 질병에게도 발드르를 아프게 하지
않겠다는 맹세를 받았답니다.
프리그는 이 사실을 신들에게 알렸어요.
"이제 그 어떤 것도 발드르를 해치지 못할 거예요."
신들은 영 미덥지 않은 눈치였어요.
그때 프리그가 갑자기 발드르에게 돌멩이를 던졌어요.
신들은 프리그의 돌발 행동에 화들짝 놀랐지요.
그런데 돌멩이가 방향을 틀어서 발드르를 피하더니
다른 데를 맞히고 떨어지는 게 아니겠어요?
돌멩이가 맹세한 대로 자신의 힘을 쓰지 않은 거예요.
프리그가 매우 자랑스러운 표정으로 말했어요.
"어때요? 이제 믿을 수 있겠죠?"

신들은 자기들이 사랑하고 존경하는 발드르가
무사할 수 있다는 것에 안도했어요.
그러고는 곧 재미있는 놀이를 생각해 냈어요.
발드르를 세워 놓고 돌이나 창 같은 위험한 도구를
던져서 그것들이 발드르의 몸을 비껴가는 것을
확인하는 놀이였지요.
신들은 이 놀이를 통해 그 어떤 것도 발드르를
해칠 수 없다는 사실을 확인하며 진심으로 기뻐했답니다.
신들 중에서 기뻐하지 않은 건 단 한 명, 로키뿐이었어요.
로키는 예전부터 발드르가 모든 신들의 사랑과 관심을
독차지하는 게 무척 못마땅했거든요.
문젯거리로 취급받는 자신과 모든 게 정반대였으니까요.
발드르가 너무 얄미워서 한바탕 골려 주고 싶었어요.
그때 마음에 쏙 드는 생각이 하나 떠올랐지요.

로키는 여자로 변신해서 프리그에게 다가갔어요.
"신들이 발드르에게 온갖 위험한 것들을 던지는데
말려야 하지 않겠습니까?"
프리그가 여유 있는 미소로 대답했어요.

"내 아들은 절대 다치지 않아요. 내가 직접 세상 모든 것들을
찾아가 발드르를 해치지 않겠다는 맹세를 받았거든요."
"다행이네요. 그런데 정말 단 한 가지도 빠지지 않고
다 맹세를 받았다고 확신할 수 있으신가요?"
로키의 이어지는 물음에 프리그가 고개를 끄덕였지요.
"그럼요. 다만 발할라 궁전 서쪽에 있는 떡갈나무에서
자라는 겨우살이 하나만 찾아가지 않았어요.
너무 작고 여려서 아무런 해를 끼칠 수 없을 테니까요."
"그렇네요. 겨우살이가 남을 해치는 건 불가능하죠."

로키는 프리그와 대화를 하다가 슬쩍 사라졌어요.
그리고 다시 자기 모습으로 돌아왔어요.
"비밀을 알아냈으니 실행할 일만 남았군."
로키는 가벼운 발걸음으로 발할라 궁전 서쪽으로 갔어요.
프리그의 말처럼 그곳에 겨우살이가 자라고 있었지요.

로키는 겨우살이 가지 하나를 뚝 꺾었어요.
"자, 이걸로 발드르를 어떻게 해치면 좋을까?"
로키의 입가에 야비한 미소가 번졌지요.

로키는 발드르와 신들이 놀고 있는 뜰로 돌아왔어요.
유쾌한 웃음소리로 시끌벅적한 뜰 한쪽에 호드가 홀로
쓸쓸하게 앉아 있었어요.
그는 발드르의 동생인데 앞을 볼 수 없었지요.
로키가 호드에게 다가가 말을 건넸어요.
"너도 형의 무사함을 축하하는 뜻으로 뭔가를
던져야 하지 않겠어?"

로키의 말에 호드가 한숨을 길게 내쉬었어요.
"앞이 보이지도 않는데 무슨 수로 던지겠어……."
로키가 호드의 손에 한쪽 끝을 예리하게 깎은
겨우살이 가지를 건넸어요.
"내가 발드르가 있는 곳으로 데려가 줄 테니 가서 던져 봐."
호드는 로키의 친절함에 고마워하며 의심 없이 따라갔어요.

그리고 형을 향해 겨우살이 가지를 힘껏 던졌답니다.
그때 어머니 프리그의 날카로운 비명이 들렸어요.
"오, 발드르! 내 아들이 죽다니!"
그제야 호드는 형이 자기가 던진 겨우살이 가지의
예리한 끝부분에 맞아 죽었다는 걸 깨달았어요.
그사이 로키는 재빠르게 자리를 떠났답니다.

세상 모두가 슬퍼한 발드르의 장례식

발드르는 어이없게도 겨우살이 가지에 찔려 죽었어요.
신들은 이 믿기지 않는 죽음에 목 놓아 울었답니다.
발드르를 살리려고 가장 애썼던 프리그는
간절한 마음으로 신들에게 부탁했어요.
"당신들 중 누가 죽은 자들의 세계에 가서 그곳의
여왕인 헬을 만나 주시지 않겠나요? 그녀에게
제발 발드르를 돌려달라고 얘기해 주세요."
신들은 서로를 쳐다보며 망설였어요.
죽은 자들의 세계에 가면 다시는 돌아오지
못할 수도 있으니까요.

그때 한 젊은 신이 나섰어요.
"제가 가서 발드르 형님을 되살려 오겠습니다."
그는 프리그가 낳은 막내아들 헤르모드였어요.
젊은 신들 중에서 가장 발이 빠르고 배짱도 두둑했지요.
오딘은 가장 아끼는 말인 슬레이프니르를 내주었어요.
헤르모드는 다리가 여덟 개 달린 슬레이프니르를 타고
바람처럼 어둠 속으로 달려갔어요.

그사이 신들은 발드르의 장례식을 열기 위해
바다로 갔어요. 해안가에는 발드르의 마지막
떠나는 길을 배웅하려는 이들로 가득했답니다.
그만큼 발드르가 살아 있을 때 많은 사랑과
존경을 받았다는 의미였지요.
신들은 발드르의 시신을 그가 타던 배에 실어
바다로 띄운 다음 불태우려고 했어요.
그런데 배를 아무리 밀어도 꼼짝하질 않았어요.
이 배를 움직일 수 있는 건 오직 발드르뿐인데,
그가 죽고 없으니 움직이지 않을 수밖에요.

신들은 배를 움직이기 위해 히로킨이라는 여자 거인을 불러왔어요.
그녀는 뱀이 고삐인 커다란 늑대를 타고 나타났지요.
히로킨은 뱃머리 쪽으로 가서 힘껏 배를 밀었어요.
놀랍게도 신들이 그렇게 힘을 줘도 꼼짝하지 않던 배가 드디어 물에 띄워졌답니다.

신들은 발드르의 시신을 장작더미 위에 올렸어요.
이제 장작더미에 불을 지필 참이었지요.
넋이 나간 얼굴로 발드르의 시신을 바라보던
아내 난나가 애통하게 울부짖었어요.
"발드르, 당신을 이대로 보낼 수 없어요."
그녀는 너무 슬픔에 겨운 나머지 그만
심장이 멎어 그 자리에서 죽고 말았어요.
신들은 난나의 시신을 발드르 옆에 나란히 눕혔지요.

"잠깐만! 내 아들에게 마지막 선물을 주고 싶네."
오딘이 손목에 차고 있던 드라우프니르를 빼서
장작더미 안에 넣었어요. 아홉째 날마다 똑같은
팔찌 여덟 개를 만들어 내는 보물 말이에요.
마침내 신들은 장작더미에 불을 붙이고,
배를 매어 두었던 밧줄을 풀었어요.
발드르와 난나의 시신을 태운 배는 활활 타오르는
불길과 함께 수평선 너머로 서서히 사라졌답니다.

끝내 발드르를 위해 울지 않은 로키

발드르를 데려오는 임무를 맡은 헤르모드는
아홉 날 동안 밤낮을 가리지 않고 달린 끝에
헬이 다스리는 죽은 자들의 세계에 다다랐어요.
성문이 엄청나게 높이 뻗어 있었지만 슬레이프니르는
주저하지 않고 깔끔하게 뛰어넘었답니다.
헤르모드는 말에서 내려, 살아 있는 자는 어느 누구도
들어가 본 적 없는 궁전 안으로 들어갔어요.
그곳에는 죽은 자들이 모여 있었어요.
그리고 가장 영예로운 자리에 앉아 있는 발드르와
그의 아내 난나가 보였지요.

맞은편에는 한 여인이 앉아 있었어요.
몸의 반은 아름다웠지만, 나머지 반은 시체였어요.
헤르모드는 그녀를 보자마자 지하 세계를 다스리는
여왕인 헬이라는 것을 알 수 있었지요.
헬도 헤르모드를 한눈에 알아봤어요.
"발드르의 동생이 찾아왔군."
"오딘께서 꼭 발드르를 데려오라고 명하셨습니다.
간절히 원컨대 그를 다시 밝은 세상으로 돌려보내 주십시오."

헬은 무표정한 얼굴로 냉정하게 말했어요.
"내게 온 죽은 자들이 다시 살아 나간 적은
여태껏 한 번도 없었네. 그런데 내가 왜
그를 돌려보내야 하지?"
그러자 헤르모드가 절실한 얼굴로 대답했어요.
"세상 모두가 발드르의 죽음을 슬퍼하기 때문입니다.
신과 거인, 난쟁이, 요정, 인간 모두가
그를 잃은 고통 속에서 힘들어하고 있습니다.
모두 한마음으로 그가 돌아오기를 애타게
기다리고 있으니 부디 자비를 베푸십시오."

헬은 말없이 건너편에 앉아 있는 발드르를
바라보더니 작게 한숨을 내쉬었어요.
"발드르는 이곳에서도 가장 아름답고
귀한 존재다. 하지만 세상 모두가 그토록
그를 원한다면 보내 주겠네."
감격한 헤르모드는 헬의 발아래에
엎드려 연신 고개를 조아렸어요.
"위대한 여왕이시여, 정말 감사합니다."
헬이 헤르모드를 내려다보며 말했어요.
"다만 한 가지 조건이 있어."

"무슨 조건입니까?"
"세상의 모든 신과 거인, 난쟁이, 요정,
인간 모두가 발드르가 돌아오길 바라며
울어 준다면 발드르를 돌려보내 주겠네.
하지만 누구 하나라도 울지 않는다면
그는 영원히 이곳에 남아야 할 거야."
헤르모드가 자리에서 일어났어요.
"해 보겠습니다. 아니, 반드시 해내고
말겠습니다."
그때 발드르가 헤르모드에게 다가왔어요.

그는 팔에 끼고 있던 팔찌를 빼서 건네주었지요.
오딘이 발드르의 장례식 때 배에 넣었던 팔찌였어요.
"네가 여기에 나를 데리러 왔다는 증거로
이 팔찌를 아버지께 보여 드리렴."
"알겠어요. 그리고 세상 모두에게 형을 위해
울겠다는 약속도 꼭 받아 올게요."
헤르모드는 발드르에게 작별 인사를 한 뒤
슬레이프니르를 타고 왔던 길로 되돌아갔어요.

다시 아스가르드로 돌아온 헤르모드는 오딘에게 팔찌를
돌려주며 헬과 나누었던 얘기를 들려주었어요.
이때 오딘의 곁에는 발리라는 어린 아들이 있었어요.
헤르모드가 지하 세계에 가 있는 동안 태어난 이 아이는
태어난 지 하루도 되지 않아 호드를 찾아내서 죽였답니다.
발드르를 숨지게 한 호드에게 복수한 것이지요.
헤르모드가 헬에게 듣고 온 얘기는 신들에게 전해졌어요.

신들은 아홉 개의 세계에 전령을 보내
마주치는 모두에게 이렇게 물어보게 했어요.
"발드르가 다시 이 세상으로 돌아올 수 있도록
울어 줄 수 있겠습니까?"
이 물음에 모두가 기꺼이 눈물을 흘렸어요.
신과 거인, 난쟁이, 요정, 인간도 울었고
땅도 하늘도 나무도 동물도 모두 울었지요.
세상 모든 것이 발드르를 위해 진심으로 울었답니다.
헤르모드와 전령들은 발드르를 살릴 수 있다는
희망을 품고 아스가르드로 발길을 옮겼어요.

돌아오는 길에 헤르모드는 어느 산에서
한 늙은 여자 거인을 만났어요.
헤르모드는 여자 거인에게 정중하게 부탁했어요.
"발드르를 위해 울어 주시지 않겠습니까?"
그는 여자 거인이 당연히 울 거라고 생각했어요.
하지만 여자 거인의 대답은 예상을 빗나갔어요.
"발드르랑 나랑 무슨 상관이라고 울어 달래?
그가 죽든 말든 내 알 바가 아니라고!"
헤르모드는 말문이 막혔어요.

여자 거인의 한마디에 지금까지 애썼던 것이
모두 물거품이 되게 생겼으니까요.
헤르모드는 포기하지 않고 계속 애원했지만
여자 거인은 끝끝내 울지 않았어요.
헤르모드는 아스가르드로 돌아와 신들에게
이 슬픈 소식을 전했어요.
신들은 발드르를 위해 울지 않은 여자 거인이
누구인지 대강 짐작했지요.
토르가 망치를 꽉 움켜쥐며 말했어요.
"보나 마나 로키가 변장한 거야.
로키가 아니고서는 그럴 수가 없지."
신들은 모두 토르의 말에 고개를 끄덕였답니다.

연어로 변신한 로키의 끔찍한 최후

발드르가 죽은 뒤, 로키는 아스가르드에서
멀리 떨어진 곳에 숨어 지냈어요.
하지만 언제부터인가 슬그머니 다시 나타나서는
주변을 살피다가 금세 사라지곤 했답니다.
그러던 어느 날, 에기르라는 신이
성대한 연회를 베풀었어요.

발드르를 떠나보낸 슬픔을 떨구지 못한 신들을
위로하기 위해서였지요.
발드르를 죽게 한 로키는 당연히 초대하지 않았어요.
그런데도 로키는 제 마음대로 연회장에 나타났고,
신들은 그를 본체만체했답니다.
"감히 나를 모욕하다니."
로키는 자기가 저질렀던 잘못을 부끄러워하기는커녕,
오히려 신들이 자신을 무시했다며 마구 화를 냈어요.
심지어 신들이 숨기고 싶은 비밀이나 잊히고 싶은
과거를 들추어내며 비웃었지요.

뒤늦게 연회장에 도착한 토르는 소란을 일으키는
로키를 보고 매섭게 경고했어요.
"당장 그 사악한 입을 닫지 않으면 이 묠니르로
널 내려쳐 죽은 자들의 세계로 보내 버릴 테다!"
토르의 위협에 로키는 도망치듯 아스가르드를 떠났어요.
물론 악담 퍼붓는 것을 잊지 않았지요.
"앞으로 다시는 이런 연회를 열 수 없을 거야.
불길이 치솟아 궁전을 몽땅 태워 버리고,
당신들이 사랑하는 모든 걸 다 앗아 갈 테니!"

로키는 큰소리치며 나서긴 했지만, 신들이 자신을
찾아와 복수할까 봐 초조한 마음이 들었어요.
그래서 산속에 있는 오두막에 틀어박혀 지냈지요.
낮에는 연어로 변신해서 오두막 근처에 있는
폭포에서 헤엄을 쳤고요.
그러나 폭포 안에서도 불안함이 가시질 않았어요.
'혹시 신들이 나를 잡으러 오면 어떡하지?
연어로 변했을 때 그물로 잡을 수도 있잖아?'
로키는 실을 엮어 그물을 만든 다음, 그물에
잡혔을 때 어떻게 빠져나갈지 연습했어요.

그러던 어느 날, 로키가 오두막 안에 있을 때였어요.
뭔가 수상한 낌새가 느껴져서 빼꼼히 밖을 내다보니
신들이 산비탈을 따라 올라오는 게 보였어요.
세상의 모든 것을 볼 수 있는 오딘이 로키의 행방을
알아내고 신들을 보낸 것이었지요.
로키는 그물을 불 속에 던지고 잽싸게 도망쳤어요.
그리고 재빨리 연어로 변신해 폭포로 뛰어들어
바닥 깊숙한 곳에 몸을 숨겼어요.

그사이 신들은 산꼭대기에 있는 오두막에 도착했어요.
신들은 바닥에 남아 있는 실과 불 옆에 떨어진 그물
모양의 재를 보고는 단박에 상황을 파악했어요.
"실로 물고기 잡는 그물을 만들었나 본데?"
그 말을 듣고 토르가 씨익 미소를 지었어요.
"그물을 만들어 빠져나갈 궁리를 한 걸 보니,
로키는 지금쯤 물고기로 변신해서 저기 폭포
아래 숨어 있겠군."

신들은 남아 있는 실로 새 그물을 만들었어요.
그리고 폭포로 가서 폭포수가 떨어지는 곳에
그물을 던져 넣은 다음 바닥을 샅샅이 훑었지요.
바닥에 숨어 있던 로키는 이를 보고 크게 당황하여
최대한 몸을 낮추고 도망칠 방법을 궁리했어요.
"빠져나갈 방법은 단 하나야."
로키는 폭포를 거슬러 헤엄치기로 결심했어요.
신들은 갑자기 거대한 연어가 꼬리를 비틀며 뛰어올라
물길을 거슬러 올라가는 것을 보고 깜짝 놀랐어요.
"로, 로키다! 로키가 틀림없어!"
신들은 연어가 있는 쪽으로 황급히 그물을 던졌어요.
로키는 그물을 피하기 위해 있는 힘을 다해 폭포
위쪽으로 솟구쳐 올랐지요.
그러나 그 순간! 토르가 연어의 꼬리를 꽉 움켜쥐었어요.
로키는 마구 꿈틀거리며 빠져나가려고 했지만,
꼼짝없이 잡히고 말았답니다.

신들은 로키를 깊숙한 동굴 안에 가두었어요.
얼마 뒤 로키의 아내 시긴과 아들 발리, 나르피도 잡아 왔지요.
로키는 떨리는 목소리로 물었어요.
"설마 내 가족을 해치려는 건 아니지?"

그러자 한 신이 비웃으며 말했어요.
"걱정 마. 우리 손으로 해치진 않을 테니."
그러고는 발리를 바라봤어요.
"발리, 형제끼리 절대 해서는 안 되는 일이 뭐지?"
발리가 대답했어요.
"당연히 형제를 배신하는 거죠.
호드가 발드르를 죽게 한 것처럼요."
신은 원하는 답이라는 듯 고개를 끄덕이고는
발리에게 주문을 걸었어요.

주문과 동시에 발리는 무시무시한 늑대로 변했어요.
늑대로 변한 발리는 소름 끼치는 울음소리를 내며
자신의 형제인 나르피에게 달려들었어요.
날카로운 이빨로 나르피의 목을 물더니 발톱으로 몸을
갈가리 찢고 컴컴한 동굴 안쪽으로 사라졌지요.
이건 아무리 못된 로키라도 견디기 힘든 형벌이었어요.
그러나 형벌은 아직 끝나지 않았답니다.
신들은 평평하고 커다란 돌 세 개에 구멍을 뚫은 다음,
그 위에 로키를 눕혔어요. 그리고 나르피의 배에서 쏟아진
창자를 바위 구멍에 꿰어 로키의 몸을 단단히 묶었어요.
"날 죽일 건가?"
두려움으로 가득한 로키의 물음에 신들은 고개를 저었어요.
"아니, 죽음보다 더한 고통을 받게 할 거야."
시긴은 이 처참한 광경을 묵묵히 지켜볼 수밖에 없었어요.
모든 상황이 로키의 잘못 때문에 벌어졌다는 걸 잘 알고
있었으니까요.

그때 거인 티아치의 딸이자 뇨르드의 아내인 스카디가
손에 꿈틀거리는 독뱀을 들고 동굴로 들어왔어요.
스카디는 로키의 머리 위쪽에 있는 동굴 천장을 살피더니
비죽 튀어나온 기다란 돌에 독뱀을 칭칭 감았어요.
뱀이 쉭쉭거리자 독액이 로키의 얼굴로 똑똑 떨어졌지요.
로키가 고통으로 몸부림치며 비명을 질렀어요.
이를 지켜보던 시긴이 얼른 그릇을 받쳐 로키의 얼굴로
떨어지는 독액을 받아 냈답니다.
하지만 그릇에 독액이 가득 찼을 때가 문제였어요.
그릇을 비우러 갈 때는 독액을 그대로 맞아야 했거든요.
로키는 고통으로 몸이 뒤틀렸고, 그때마다 인간들의 세계인
미드가르드도 세차게 흔들려 지진이 일어났어요.
로키는 동굴 안에 갇힌 채 이 고통을 반복해서 당해야 했지요.
세상이 끝나는 날이 올 때까지 말입니다.

세상이 최후를 맞는 라그나뢰크

이제 온 세상이 어떻게 파괴되어 세계 종말의 날인 라그나뢰크를 맞이했는지에 대한 이야기를 할 거예요. 그 시작은 인간들의 세계에서 일어난 끔찍한 전쟁이었어요. 적과 적이 싸우는 것은 물론이고, 가족끼리도 서로에게 칼을 들이대며 싸웠어요.

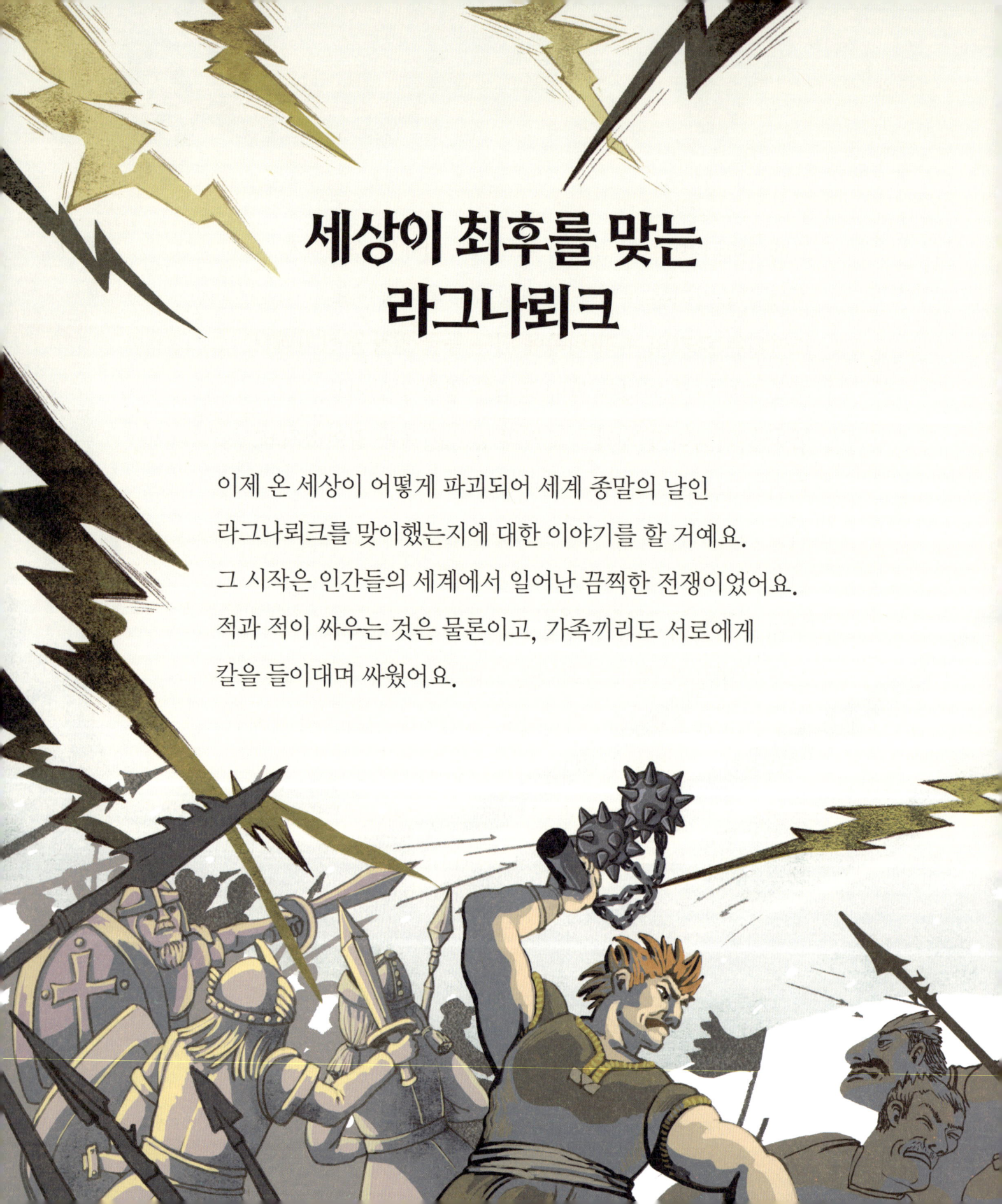

여전사 발키리는 전쟁터에서 용감하게 싸우다 죽은 영웅들의
영혼을 모아 발할라 궁전으로 데려가는데, 이때 죽은 자들이
어찌나 많았는지 발할라가 꽉 찰 정도였다고 해요.
게다가 살을 에는 추위와 폭설이 몇 년 동안이나 이어졌어요.
겨울이 가도 또다시 겨울이 오기를 반복했지요.
사람들은 굶주림과 추위에 시달리며
이전보다 훨씬 더 치열하게 싸웠어요.

어느 날, 새벽도 밝기 전에 아스가르드의 황금 수탉과
지하 세계의 새까만 수탉이 요란하게 울었어요.
그것을 신호로 세상의 모든 족쇄가 풀어져 버렸답니다.
땅이 갈라져 죽은 자들의 세계가 드러나고,
헬의 궁전을 지키던 개 가름이 묶인 끈을 끊고 날뛰었어요.
그뿐만이 아니에요.
동굴 속에 묶여 있던 로키가 탈출하여 싸우러 나왔어요.

로키의 첫 번째 자식인 늑대 펜리르는 자신을 묶고 있던
마법의 끈을 풀고 지나가는 곳마다 파괴했어요.
두 번째 자식인 거대한 뱀 요르문간드는 육지로 올라오려고
몸부림치다가 수많은 바다 생물을 죽였지요.
셋째인 헬이 다스리는 지하 세계는 문이 열리며
죽은 자들이 밖으로 쏟아져 나왔어요.
마침내 라그나뢰크가 시작된 거예요.
이 세상이 최후를 맞게 될 비극적인 사건이지요.

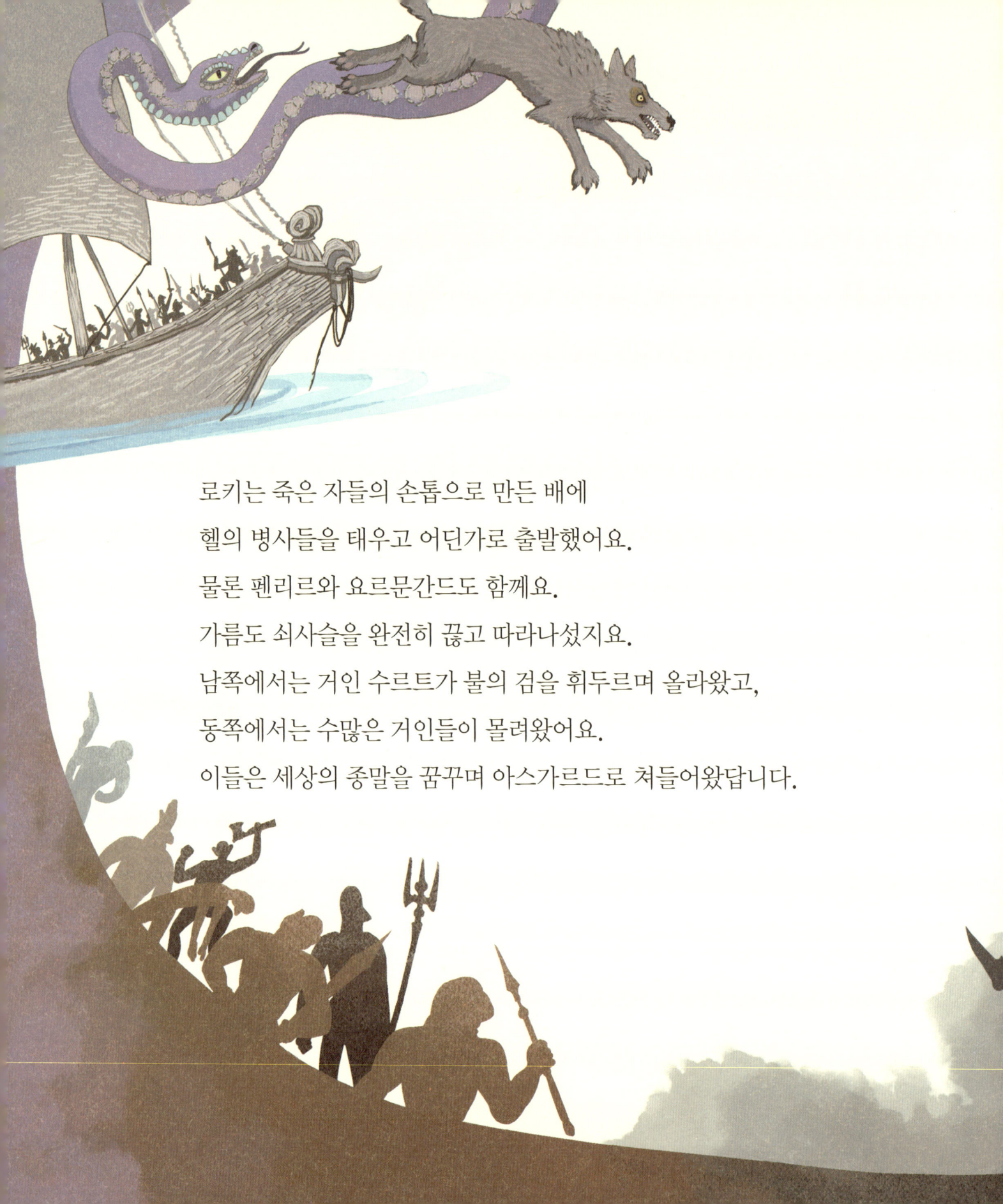

로키는 죽은 자들의 손톱으로 만든 배에
헬의 병사들을 태우고 어딘가로 출발했어요.
물론 펜리르와 요르문간드도 함께요.
가름도 쇠사슬을 완전히 끊고 따라나섰지요.
남쪽에서는 거인 수르트가 불의 검을 휘두르며 올라왔고,
동쪽에서는 수많은 거인들이 몰려왔어요.
이들은 세상의 종말을 꿈꾸며 아스가르드로 쳐들어왔답니다.

아스가르드의 파수꾼인 헤임달은 무지개다리에서
이 광경을 보고 오딘의 명대로 걀라르호른을 불었어요.
뿔피리 소리가 세상에 울려 퍼지며 신들을 깨웠지요.
오딘은 서둘러 미미르의 샘으로 갔어요.
"미미르, 어떻게 하면 좋겠나?"
미미르는 미래에 대해 알고 있는 내용을 속삭여 줬어요.
오딘은 알 듯 말 듯 한 미소를 지었지요.
그는 궁으로 돌아와 신들과 함께 무장을 하고, 발할라에 살던
죽은 전사들과 함께 최후의 전쟁을 치르기 위해 나섰어요.

마침내 드넓은 평원에 양쪽 군대가 다 모였어요.
그리고 한 치의 양보도 없는 전투가 벌어졌답니다.
오딘은 늑대 펜리르를 쫓아가 절대 목표물을
빗나가지 않는 마법의 창 궁니르를 던졌어요.
그러나 펜리르는 커다란 주둥이를 벌려 창과 오딘을
통째로 삼켜 버렸어요.
이것을 본 오딘의 아들 비다르가 펜리르에게 돌진해
발을 아래턱에 밀어 넣은 뒤 위턱을 찢어 숨지게 했어요.
구두를 만들고 남은 가죽 조각을 모아 만든
튼튼한 신발 덕분이었지요.

토르는 뱀 요르문간드와 맞섰어요.
요르문간드가 거대한 몸으로 토르를 휘감아
숨통을 조이고 독니로 물려는 찰나,
토르가 묠니르를 휘둘러 뱀의 머리를 박살 냈어요.
그러나 토르 또한 요르문간드가 죽어 가면서
내뿜은 독에 맞아 쓰러지고 말았지요.

프레이는 불을 뿜는 검을 휘두르는
거인 수르트를 상대했어요.
프레이는 어느 신보다도 용감하게 맞서
싸웠지만 신들 중에서 가장 먼저 패했어요.
프레이의 검은 수르트의 불을 뿜는 검을
당해 낼 수 없었거든요.
게르드와 결혼하기 위해 마법의 검을
스키르니르에게 준 게 못내 아쉬웠지요.
손이 하나뿐인 티르는 지하 세계에서 온
사냥개 가름과 싸우다 죽고 말았어요.

가름도 티르의 목에 이를 박은 채 죽었지요.
그사이 다른 신들도 거인들과 치열한 싸움을 벌여
살아남은 자를 거의 찾을 수 없게 되었어요.
이때 전쟁터 한쪽에서 헤임달과 로키가 마주했어요.
로키는 죽어 가는 신들을 보며 교활한 미소를 지었어요.
"내가 아들의 창자에 묶여 뱀의 독을 맞으면서도
미치지 않은 건, 지금 같은 순간을 맞기 위해
이를 악물고 버텼기 때문이야."
헤임달은 대꾸하지 않고 검을 빼 들었어요.
로키는 기꺼이 맞서 싸웠지요.

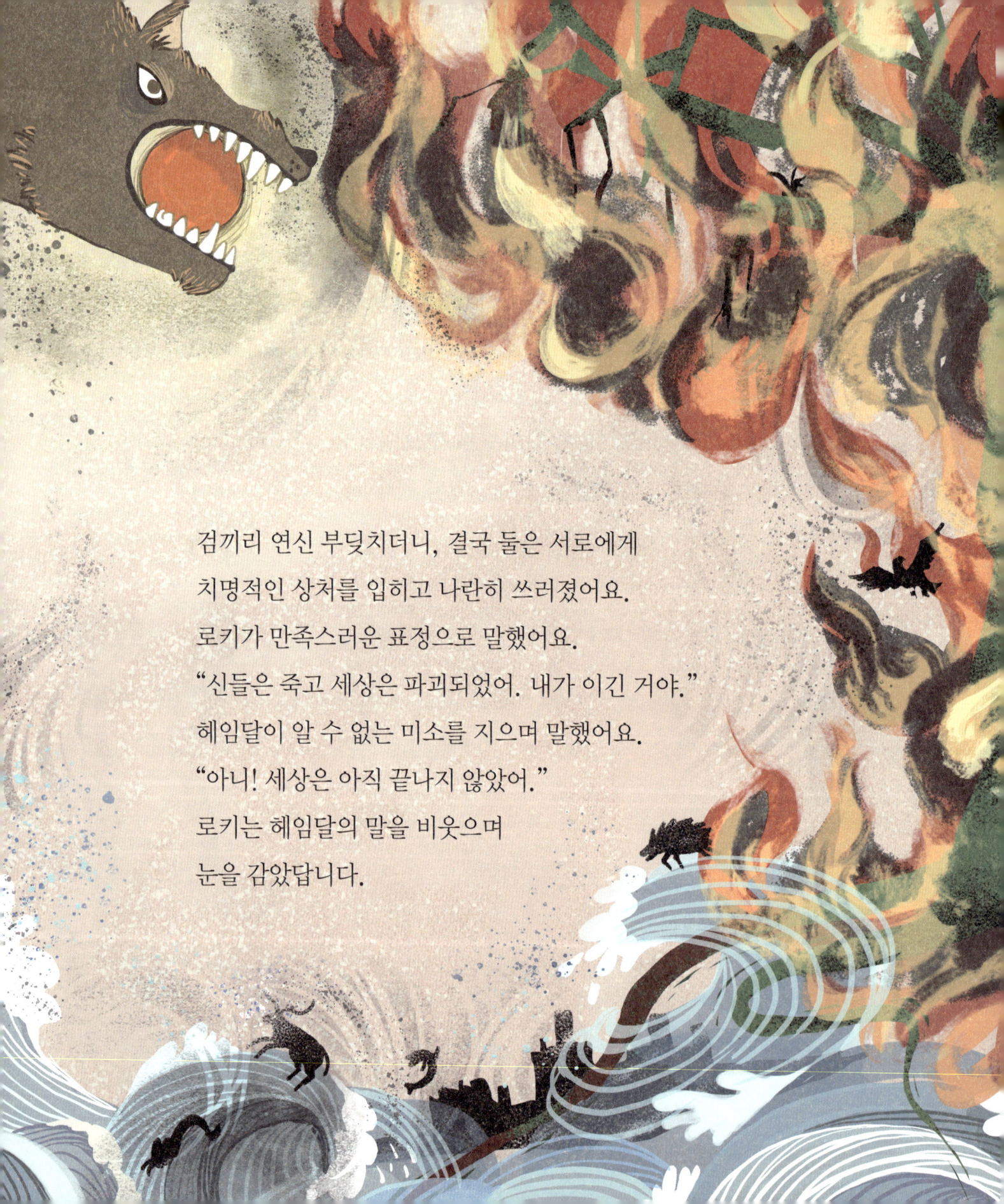

검끼리 연신 부딪치더니, 결국 둘은 서로에게
치명적인 상처를 입히고 나란히 쓰러졌어요.
로키가 만족스러운 표정으로 말했어요.
"신들은 죽고 세상은 파괴되었어. 내가 이긴 거야."
헤임달이 알 수 없는 미소를 지으며 말했어요.
"아니! 세상은 아직 끝나지 않았어."
로키는 헤임달의 말을 비웃으며
눈을 감았답니다.

그때 수르트가 불을 뿜는 검으로 온 세상에
불을 지르며 닥치는 대로 태워 버렸어요.
그 바람에 세상의 나무인 이그드라실과
아홉 개의 세계가 모두 불길에 휩싸였지요.
솔과 마니를 쫓던 늑대들이 태양과 달마저 삼키고,
불에 탄 땅이 바다 깊숙한 곳으로 가라앉으며
모든 것이 파괴되었어요.
그렇게 세상은 끝이 났답니다.

종말 뒤에 찾아온
희망의 세계

세상은 완전히 끝나 버렸어요.
더 이상 살아 있는 생명은 어디에도 없었지요.
아니, 사실 그렇게 보일 뿐이었어요.
모든 게 완전히 사라진 건 아니었거든요.

태양은 늑대에게 삼켜지기 전에 딸을 낳았어요.
그 딸이 어머니 대신 빛을 비추고 온기를 뿜었어요.
그러자 바닷속으로 가라앉았던 땅이 서서히 솟아올랐지요.
불에 타 재와 연기만 가득했던 땅이 전쟁의 흔적을
깨끗이 지우고 새로 나타난 거예요.
땅에서는 다시 풀과 나무가 자라고,
갖가지 동물들이 뛰어다니기 시작했답니다.

새로운 태양이 세상 이곳저곳을 환히 비추자
세상의 나무 이그드라실도
건강한 잎을 틔웠어요.
그리고 가장 굵은 나무줄기 안에서
남자와 여자가 한 명씩 걸어 나왔어요.
이들은 푸르른 세상에서 사랑을 나누고
아이들을 낳으며 인류의 조상이 되었지요.

신들의 모습도 보였어요.
오딘의 아들 비다르와 발리가 살아남았고,
토르의 아들 모디와 마그니도 살아남아
아버지의 무기인 묠니르를 찾아냈어요.
죽은 자의 세계로 갔던 발드르와 호드도 돌아왔지요.
헤니르까지 합류하자 신들의 세계가
다시 만들어졌답니다.

라그나뢰크가 시작되려고 할 때,
오딘은 미미르의 샘을 찾아가 물었어요.
"미미르, 어떻게 하면 좋겠나?"
그때 미미르는 미래에 대해 알고 있는 내용을
속삭여 줬어요.
"길은 끝나는 곳에서 다시 시작되는 거라네."

그 말은 곧 희망이었기에 오딘은 세상의 끝을
예견하면서도 미소를 지을 수 있었던 거예요.
그리고 세상은 미미르의 예언처럼
폐허가 된 곳에서 다시 시작되었답니다.

엮음 | 예영

쓰는 게 가장 힘들고 어려우면서도 글 쓸 때가 가장 즐겁고 행복합니다.
만화, 동화, 교양서 등 다양한 분야의 어린이책을 쓰고 있습니다.
그동안 지은 책으로 《닭답게 살 권리 소송 사건》, 《존리의 금융 모험생 클럽》,
《에그박사의 역대급 사파리》, 《우리 학교가 사라진대요!》, 《외계인 캬캬의 지구 소리 보고서》 등이 있습니다.

한 권으로 읽는 아홉 개의 세계 이야기 24편 **북유럽 신화**

엮음 예영 | **표지 그림** 김삼현
본문 그림 곽진영, 김미선, 양예람, 오희정, 장민정, 홍우리
펴낸날 2024년 10월 25일 초판 1쇄, 2025년 3월 20일 초판 2쇄
펴낸이 신광수 | **출판사업본부장** 강윤구 | **출판개발실장** 위귀영
아동IP파트 박재영, 박인의, 김규리 | **외주편집** 이종미 | **출판디자인팀** 최진아, 이서율 | **저작권 업무** 김마이, 이아람
출판사업팀 이용복, 민현기, 우광일, 김선영, 이강원, 신지애, 허성배, 정유, 정슬기, 정재욱, 박세화, 김종민, 정영묵, 전지현
출판지원파트 이형배, 이주연, 이우성, 전효정, 장현우
펴낸곳 (주)미래엔 | **등록** 1950년 11월 1일 제16-67호
주소 서울특별시 서초구 신반포로 321
전화 미래엔 고객센터 1800-8890 팩스 541-8249
홈페이지 주소 www.mirae-n.com

© (주)미래엔 2024
ISBN 979-11-7311-098-6 73800

파본은 구입처에서 교환해 드리며, 관련 법령에 따라 환불해 드립니다. 다만, 제품 훼손 시 환불이 불가능합니다.
책값은 뒤표지에 있습니다.

KC 마크는 이 제품이 공통안전기준에 적합하였음을 의미합니다.
사용 연령: 8세 이상

한 권으로 읽는 시리즈

안데르센
벌거벗은 임금님, 성냥팔이 소녀 등 세계 어린이들에게 오랜 시간 사랑받아 온 안데르센의 대표 동화 27편을 만나 보세요!

교과서 전래 동화
도깨비 방망이, 호랑이와 곶감 등 초등학교 교과서에 실려 있는 대표 전래 동화 36편을 한 권의 책으로 만나 보세요!

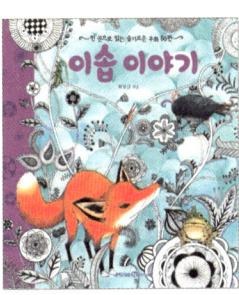
이솝 이야기
양치기 소년과 늑대, 여우와 두루미 등 오랜 세월 세계 어린이들에게 사랑받아 온 이솝 이야기 50편을 한 권에 담았어요!

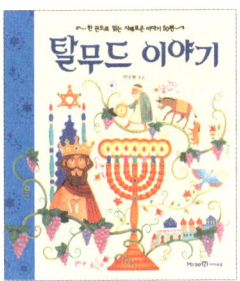
탈무드 이야기
오랜 역사 속에 전해 내려온 유대인의 지혜와 재치가 담긴 탈무드 이야기 50편을 한 권에 담았어요!

삼국유사
우리 민족의 역사와 문화가 가득 담긴 훌륭한 역사서 삼국유사 이야기 34편을 한 권에 담았어요!

성경 이야기
시간과 공간을 초월하는 지혜와 소중한 가치가 가득한 성경 이야기 44편을 한 권에 담았어요!

한국을 빛낸 위인
우리나라를 빛낸 위인들의 일생과 업적을 담은 역사 인물 이야기 23편을 한 권에 담았어요!

세계를 바꾼 위인
세계 역사를 바꾼 위인들의 일생과 업적을 담은 역사 인물 이야기 23편을 한 권에 담았어요!

그리스 로마 신화
세계의 문화와 역사를 이해하는 밑바탕이 되는 그리스 로마 신화 32편을 한 권에 담았어요!

세계 명작
오랜 시간 세계 어린이들에게 사랑을 받아 온 세계의 명작 동화 21편을 한 권에 담았어요!

세계 전래 동화
세계 여러 나라에서 전해 내려오는 전래 동화 30편을 한 권에 담았어요!

아라비안나이트
아랍 지역에서 전해 내려오는 신비로운 이야기 21편을 한 권에 담았어요!

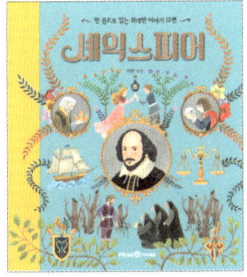
셰익스피어
낭만적인 아름다움이 넘치는 셰익스피어의 작품 12편을 한 권에 담았어요!

모험 이야기
새로운 도전과 진정한 용기를 불러일으키는 모험담 12편을 한 권에 담았어요!

북유럽 신화
〈반지의 제왕〉, 〈어벤져스〉 등 세계적인 콘텐츠의 뿌리가 된 북유럽 신화 24편을 한 권에 담았어요!